ESTEM PENJATS

RAMON LLULL PANORAMA

Tricicle

Estem penjats

Planeta

CÒRSEGA, 273-279, 08008 BARCELONA (ESPANYA)
DISSENY DE LA COBERTA: DEPARTAMENT DE DISSENY
D'EDITORIAL PLANETA
IL·LUSTRACIÓ DE L'INTERIOR: © DAVID ARQUIMBAU
PRIMERA EDICIÓ: MARÇ DE 2002
DIPÒSIT LEGAL: B. 9.253-2002
ISBN 84-9708-089-0
COMPOSICIÓ: VÍCTOR IGUAL, S. L.
IMPRESSIÓ: A&M GRÀFIC, S. L.
ENQUADERNACIÓ: LORAC PORT, S. L.
PRINTED IN SPAIN - IMPRÈS A ESPANYA

Nota preliminar

Si hem de ser sincers, cal dir que aquest llibre no és el recull dels millors esquetxos de «DINAMITA». No. Aquells que vau tenir l'oportunitat de veure per televisió els gairebé mil esquetxos que composaven els trenta-nou capítols de «DINAMITA» podríeu opinar que aquesta selecció és molt subjectiva; i tindríeu raó: els esquetxos de «DINAMITA» van ser escrits amb la finalitat última de ser vistos i no pas llegits; per tant, ara, a l'hora de triar-los, hem descartat aquells —per bons que fossin— en què el component visual té una importància decisiva per ser entesos.

Nota liminar

Aquest recull d'esquetxos el firmen **Toni Álvaro, Eva Baeza, Eduard Biosca, Joan Tharrats, Carles Heredia, David Lillo, Eva Mor i TRICICLE**, que també es va encarregar de fer l'edició final dels guions.

I no seria just no mencionar els guionistes que van aportar el seu granet, o granets, de text als episodis de televisió, però que pels problemes de criteri visual (comentats a la nota preliminar) o d'espai, no podran veure els seus guions enquadernats en format de llibre. Aquests monstres de l'ordinador són: Carles Alberola, Enric Ases, Ulises Bermejo, Gilbert Bosch, Quique Camín, Xevi Casanoves, Jaume Esquius, Jordi Gallur, Roberto García, Ana Montserrat, Tom Roca, Francesc Orteu i David Picó.

Nota simple

«DINAMITA» és un programa creat i dirigit per TRICICLE per a la productora TRIVIDEO i es va emetre per primer cop a TV3 durant la temporada 2000-2001.

Robatoris

Calces

Dos homes amb pintes sospitoses caminen pel carrer fins que s'aturen davant una entitat bancària.

Butch. Ja hi som. ¿Nerviós?

Cassidy. No...

Butch. Vinga, repassem el pla.

Cassidy. Punt número 1. Alteració de la imatge diària per evitar el reconeixement posterior.

Butch. ¿Què?

Cassidy. Disfressar-nos.

Butch. ¡Ah! Punt número dos.

Cassidy. Entrem al banc.

Butch. Tres.

Cassidy. Control de les forces de seguretat. Si n'hi ha o no n'hi ha. En cas que n'hi hagi, estudi del seu nombre, volum físic i/o armament.

Butch. Molt bé. Quatre.

Cassidy. Traiem les pistoles.

Butch. Correcte. Cinc.

Cassidy. Cridem: «Tothom als sofàs.»

Butch. ¿Com que «Tothom als sofàs»?

Cassidy. Home... Són persones... Segur que hi ha gent gran, el terra és fred...

BUTCH. La frase que es diu és: «Tothom a terra.»

CASSIDY. ¿Qui ho diu? Ho diuen les pel·lícules... No sabem el que diuen els professionals... Són frases fetes que els guionistes es copien els uns als altres...

BUTCH *(per no discutir)*. Bé, tant se val... «Tothom als sofàs.» Punt número 6.

CASSIDY. Tu vas al caixer i jo m'ocupo dels ostatges.

BUTCH. Set.

CASSIDY. No hi ha set. Vam passar directament al vuit.

BUTCH. ¿Al vuit? ¿Per què?

CASSIDY. Perquè el set em porta mala sort...

BUTCH *(fart)*. Punt número 8.

CASSIDY. Compte enrere. Seixanta segons fins que no arribi la policia.

BUTCH. Exacte. ¿Cronòmetre controlat?

CASSIDY. Sí... ¡No!

BUTCH. ¿Què?

CASSIDY. L'hi he deixat al meu germà que avui tenia entrenament d'atletisme...

BUTCH. Però...

CASSIDY. No et preocupis... Puc comptar segons perfectament, vaig estar revelant fotografies molt de temps... *(ho demostra)* i 1, i... 2, i 3...

BUTCH *(molt cansat)*. Punt número 9.

CASSIDY. Agafem la pasta i cridem: *(llegeix una nota)* «Que ningú faci l'heroi. Dins aquesta maleta hi ha una bomba que desactivarem quan estiguem segurs d'estar sans i estalvis. Aquesta bomba té un sensor de moviment i s'activa amb qualsevol tonteria. Per tant, que ningú no es mogui...»

BUTCH. ¿Suposo que no pensaràs llegir-la?

CASSIDY. No, no... m'ho sé, però ho volia repassar...

BUTCH. Està bé. ¿La bossa?
CASSIDY. La portes tu.
BUTCH. ¿Jo?
CASSIDY. Sí... L'havia de portar jo, però em vas dir: «No te'n recordaràs, ja la portaré jo...»
BUTCH. Merda, sí... No me n'he recordat, de portar-la.
CASSIDY. ¿Què fem? ¿Traiem el punt 9?
BUTCH. ¿Quin és el punt 9?
CASSIDY. La bossa amb el detector de moviment...
BUTCH. ¿Com vols treure-la? ¡Si és la base de la nostra fugida!
CASSIDY. ¿Llavors?
BUTCH. Fem el mateix amb la funda de les meves ulleres.
CASSIDY. ¡Tu estàs tonto! ¿¿Una funda d'ulleres bomba...??
BUTCH. Sí...
CASSIDY. ¿Tu creus que s'empassaran que aquí hi cap una bomba amb un sensor de moviment?
BUTCH. ¡Jo què sé! Sí. Estaran acollonits, es creuran qualsevol cosa...
CASSIDY. Molt bé. I punt 10, fugida i posterior trobada. Tu al nord i jo al sud.
BUTCH. Tu nord i jo sud. Molt bé. Llestos.
CASSIDY. Sí.
BUTCH. Punt 1.
CASSIDY. Emmascarament.

Butch es col·loca la mitja tradicional per a atracaments. De cop, mira sorprès el Cassidy.

BUTCH. ¿Què fas?

Cassidy s'ha posat unes calces transparents amb ratlles de tigre sobre la cara.

CASSIDY. Seguir el punt 1. Enmascarament.
BUTCH. ¿Amb unes calces?
CASSIDY. La meva dona no fa servir mitges.
BUTCH *(a punt d'explotar).* ¡Déu meu! Va, vinga. 1, 2 i 3...

Fan per entrar, però de cop sonen les sirenes d'alarma del banc i surten uns atracadors amb bosses plenes de diners.
Butch i Cassidy es miren perplexos.
Sonen xerricades de cotxes i sirenes de policies que els envolten pertot arreu. I se sent una veu de megafonia.

POLICIA *(OFF).* Policia, estan rodejats... llencin les armes.

Els dos atracadors aixequen les mans acollonits.

PASSAMUNTANYES

Una botiga especialitzada només en passamuntanyes i caputxes. L'empleat —encaputxat— endreça unes caputxes que hi ha sobre la taula. Sona el CLINC de la porta: entra un client amb una bossa de paper al cap.

DEPENDENT. Bon dia. ¿Què volia?
CLIENT. Un passamuntanyes... He rentat el que tenia i se m'ha encongit...
DEPENDENT. ¿Com el voldria? ¿Estiu, hivern, entretemps?
CLIENT. ¿Què es porta ara?

DEPENDENT. De tot. Vivim un moment d'una moda molt eclèctica...
CLIENT *(dubtós)*. Ja...
DEPENDENT. Ens acaba d'arribar un model reversible...

El treu i fa la demostració. Per un cantó és de llana i per l'altre de gavardina.

CLIENT. Està bé... ¿I alguna cosa més alegre?
DEPENDENT. ¿De colors? ¿Estampats? ¿*Topless*?
CLIENT. ¿*Topless*?
DEPENDENT. Sí. És la moda d'aquest any. Per al meu gust una mica massa moda de passarel·la... L'hi ensenyo.

S'ajup i surt amb un passamuntanyes que li deixa el nas i els ulls al descobert.

DEPENDENT. ¿Què li sembla?
CLIENT. Home, una mica atrevit. ¿No?
DEPENDENT. Sí, fins que no es posen de moda, les novetats són atrevides...
CLIENT. No... ¿Què més té?

El dependent torna a desaparèixer pel taulell sense que el client se n'adoni.

DEPENDENT. ¡Ah, sí! Un passamuntanyes de camuflatge...

El client es gira cap al taulell però no veu ningú, ja que el dependent és sota el taulell remenant entre caixes.

CLIENT. ¡Ostres! És impressionant. No es veu res. ¿On és?

Surt el dependent de sota el taulell amb una caputxa feta amb roba de camuflatge i fulles.

DEPENDENT. Aquí.
CLIENT. ¡Ah! No, em pensava que...

De sobte entra a la botiga un encaputxat amb una pistola.

ENCAPUTXAT. Vinga, la pasta, tota la pasta... Tu quiet...

Tots dos, acollonits, aixequen les mans. El dependent li dóna els diners de la caixa.

DEPENDENT. Té.
ENCAPUTXAT. Molt bé. I tranquis, tios, tranquis.

L'encaputxat surt corrents amb la pasta.

CLIENT. ¡Hosti, tu! ¡Quin ensurt! No sé on anirem a parar...
DEPENDENT. Sí, però aquest no se m'escapa. M'he quedat amb la seva caputxa.

FASCICLES

Un home arriba al quiosc i comença a mirar tots els fascicles exposats. El quiosquer se li acosta.

QUIOSQUER. ¿El puc ajudar en alguna cosa?
HOME. Hola... Sí... Voldria iniciar una col·lecció de fas-

cicles, però no sé de què... N'hi ha tants i tan variats...

QUIOSQUER. Ara n'ha sortit una sobre embotits d'Espanya i Portugal. El primer fascicle porta 100 grams de mortadel·la.

Li ensenya un fascicle que porta, efectivament, cent grams de mortadel·la.

HOME. No ho sé... Jo és que tinc el colesterol una mica alt...

QUIOSQUER. També hi ha «MUDANZAS DEL MUNDO».

Li ensenya un fascicle que porta incorporada una cadira de mida real.

HOME. No, no... massa pes...

QUIOSQUER. Hi ha aquesta col·lecció de «TRÀFIC D'INFLUÈNCIES». Si completa la col·lecció, li entreguen una cartera ministerial per la cara...

Li ensenya un fascicle que incorpora una cartera ministerial.

HOME. No m'acaba de fer el pes... ¿Alguna cosa més variada...?

QUIOSQUER. Tinc aquesta, que és nova d'avui...

Li mostra un fascicle amb un rellotge.

HOME. ¿De què va?

QUIOSQUER. «XORIÇOS D'ARREU DEL MÓN.»

L'home es mira amb deteniment el fascicle.

HOME. ¡La mare que els va parir! ¡Però si aquest és el rellotge que em van robar a Roma! ¡És el meu!
QUIOSQUER. Doncs dins hi trobarà tota la biografia i el currículum del xoriço... És una col·lecció llarga però molt variada... ¡I com pot veure, autèntica!
HOME. Me'l quedo... ¿Quant és?
QUIOSQUER *(amenaçador).* Tot el que porti a sobre.
HOME. ¿Tooot? ¿Les targetes de crèdit també?
QUIOSQUER. També. Jo ho sento, però és el que em demanen...

L'home li ho entrega tot. El quiosquer li torna la cartera buida.

QUIOSQUER. Tingui, la cartera. La cartera ja se la pot quedar. Sempre la tornen... Adéu.

L'home se'n va mirant el fascicle amb el seu rellotge.

GANIVETS

Dins d'una botiga de ganivets, un client mira distretament un aparador ple de navalles.
S'acosta el dependent amb una caixa de ganivets que deixa sobre el taulell.

DEPENDENT. Aquí els tenim... Ganivets grans de cuina...
CLIENT. ¿A quant surten?

DEPENDENT. Varia molt...

El client agafa un ganivet per sospesar-lo.

CLIENT. Aquest mateix...

Una dependenta arriba en aquest moment, veu el ganivet a les mans del client i comença a cridar esverada.

SENYORA. ¡Té un ganivet! ¡Té un ganivet a les mans!
CLIENT. ¿Què?
SENYORA. ¡Socors, policia!
CLIENT. ¿Què diu?

El dependent també se n'adona, del perillós fet. El client no entén res.

SENYORA/DEPENDENT. ¡Policia, policia!
CLIENT. Callin, sisplau.
SENYORA. El que vostè digui, el que vostè digui, però no em faci mal, per favor, no em faci mal...
CLIENT. ¿Què diu?
DEPENDENT. ¿Què vol? ¿La caixa? No tenim la clau...
CLIENT. ¿Però què passa?
SENYOR. Deixi sortir els nens, els nens no en tenen la culpa...
CLIENT. No hi ha cap nen.
SENYOR. Doncs deixi'm sortir a mi, que sóc diabètic...
DEPENDENT. No, a mi, que sóc filatèlic.
CLIENT. ¿Però que s'han tornat bojos?
SENYORA. El que vostè digui, però no ens faci mal.

CLIENT. Bé, ja n'hi ha prou... *(a un altre client).* I vostè...

El client s'espanta en veure que es dirigeix a ell.

SENYOR. ¿Què, què?
CLIENT. Vigili les ulleres, no les trepitgi.
SENYOR. ¿Què?
CLIENT. Les ulleres, li han caigut a terra.

En sentir aquestes paraules tothom s'estira a terra.

TOTS. ¡A terra! ¡A terra!
CLIENT. ¿Què fan?
TOTS. No ens faci mal...
CLIENT. ¿Quant costa aquest ganivet?
DEPENDENT. L'hi regalo, però no ens faci mal.
CLIENT. No vull que me'l regali. Vull comprar-lo. ¿Quant costa?
DEPENDENT. Des d'aquí no el veig...

El client s'acosta...

TOTS. No, no, no ens faci mal...

El client llegeix l'etiqueta.

CLIENT. És el model Varius, tres estrelles.
DEPENDENT. Mil cinc-centes, però deixi el que vulgui...
CLIENT. Molt bé. A sobre el mostrador li deixo la pasta.

En sentir aquestes paraules tothom treu les seves carteres i les ofereixen al client.

TOTS. ¡La pasta! ¡La pasta!

El client se'n va sense entendre què ha passat. Tothom s'aixeca.

SENYORA. ¡Déu meu!
SENYOR. ¡Quin ensurt!
DEPENDENT. ¿Qui ho diria? ¡Un noi tan jove!

Entra un policia amb la pistola a les mans.

POLICIA. ¡Policia! Que ningú no es mogui.

Sense pensar-s'ho dos cops, tothom s'estira a terra.

SENYORA. ¡Té una pistola! ¡Té una pistola!

ATRACAMENT NACIONAL

Una parella camina amb presses per un carreró fosc.

ROGER. No arribarem.
HELENA. Que sí...
ROGER. Deu haver començat... No ens deixaran entrar...

De sobte, un atracador els interromp.

ATRACADOR. ¡Vinga, la pasta!
ROGER. ¡Merda!

ATRACADOR. ¡Va, vinga, tot! La pasta i els rellotges...
ROGER. ¿Ha de ser ara?
ATRACADOR. ¿Què passa? ¿Que als senyorets els va malament?
ROGER. Sí. La veritat és que sí... Anem al teatre...
HELENA. ¿No podríem quedar per a un altre dia?

L'atracador sembla comprensiu i treu la seva agenda.

ATRACADOR. ¿Per a quan?
ROGER. No ho sé. Quan vulgui.
ATRACADOR. ¿Demà a aquesta mateixa hora?
ROGER. Per mi, sí. ¿I tu?

L'Helena consulta la seva agenda.

HELENA. Sí... ¡No! No, demà he quedat. ¿Demà passat?
ATRACADOR. Demà passat he quedat per atracar-ne uns altres.
ROGER. Llavors ja ens fiquem al cap de setmana. Jo estic fora.

El Roger també treu la seva agenda.

ATRACADOR. Jo també. No torno fins dimarts.
ROGER. Dimarts. A mi em va bé. ¿I a tu?
HELENA. Bé.
ROGER. ¿I vostè?
ATRACADOR. Bé. Cap problema. ¿Aquí mateix?
ROGER *(apuntant-s'ho a l'agenda)*. Perfecte. Aquí mateix, dimarts que ve. ¿No s'ho apunta?
ATRACADOR. No, no... Ja me'n recordo... ¿Què aneu a veure?

HELENA. Allò del Nacional.
ATRACADOR. ¡Ah, teatre! Homes que parlen paraules estranyes...
ROGER. Més o menys...
ATRACADOR. Doncs, apa, que no us passi res... A disfrutar...

DONATIUS

Dos homes i una dona de classe social alta en un carrer bastant fosc i perillós.

SR. MASVEU. La vida és injusta, senyora Colominas...
SRA. COLOMINAS. Ja, ja...
SR. MASVEU. Aquesta gent es veu forçada a atracar.
SRA. COLOMINAS. Vigili, que em sembla que en ve un...

Un home sospitós apareix per una cantonada del carrer i immediatament es dispersen... La dona comença a dissimular fent veure que dóna menjar als coloms.

SRA. COLOMINAS. Tites, tites...

L'home veu la dona i s'aproxima ràpid cap a ella...

ATRACADOR *(traient una navalla).* Doni'm tot el que té al *bolso* ara mateix...
SRA. COLOMINAS *(molt tranquil·la).* I tant... tingui...

La senyora treu del bolso *un portabitllets, i en treu uns quants bitllets de deu mil...*

SRA. COLOMINAS. Tingui... cinquanta mil pessetes... Tinc també, si vol, aquest rellotge i aquesta polsera...

L'atracador ho agafa tot d'una revolada.

ATRACADOR. Molt bé...
SRA. COLOMINAS. Escolti...
ATRACADOR. ¿Què passa?
SRA. COLOMINAS. ¿Veu aquell senyor d'allà?
ATRACADOR. Sí...
SRA. COLOMINAS. Em sembla que va carregat de diners...
ATRACADOR. ¿Ah, sí?
SRA. COLOMINAS. Sí... provi-ho... Ja ho veurà...

L'atracador se'n va cap a l'home...

ATRACADOR. Tu, vinga, dóna'm tota la pasta que portes a sobre...
SR. MASVEU. I tant... tingui, ho tenia preparat... ¿li van bé, setanta mil?
ATRACADOR *(estranyat)*. ¿Eeh? Sí...
SR. MASVEU. ¿Veu aquell senyor?
ATRACADOR. ¡Sí! Ara em dirà que té pasta per a mi...
SR. MASVEU. Doncs sí...

L'atracador se'n va cap al tercer home, dubta...

SR. CASAMITJANA. Què, ¿ve o no ve? *(pausa)*. ¿Vol que m'acosti jo? En tinc vuitanta-set mil...

ATRACADOR. ¿Però què està passant aquí?

TOTS. Res...

ATRACADOR. ¿Com que no? ¿Què és tanta generositat? ¿De què van? ¿Què són, els tres Reis d'Orient o què?

SR. CASAMITJANA *(acostant-se)*. No, miri, jo l'hi explico: som de l'Associació de Donants per a Col·lectius Marginals.

ATRACADOR. ¿Donants de què?

SRA. COLOMINAS. De col·lectius marginals...

ATRACADOR. ¿I...?

SR. CASAMITJANA. Que estem farts que els calés que donem a les institucions oficials es perdin entre passadissos i no arribin mai on han d'arribar.

SR. MASVEU. O sigui, que hem passat a l'acció directa...

ATRACADOR. ¿Acció directa...?

SR. MASVEU. Sí, senyor... A partir d'ara les coses es faran més bé.

SRA. COLOMINAS. Farem una campanya molt bona.

SR. CASAMITJANA. ¿No vol agafar les vuitanta-set mil meves?

ATRACADOR. Sí, sí... *(atònit)*. ¡Com canvien els temps...!

PLA PERFECTE

Un cotxe sospitós al carrer. A dintre cinc delinqüents miren uns plànols.

JIM. Bé, repassem-ho per última vegada. A les 11.45 sortim de la cafeteria. ¿Correcte?

TOTS. Sí.

JIM. 11.46. Arribo al quiosc, compro el diari i me'n vaig a casa. 11.47. La Max puja al cotxe, l'engega i espera com si res. ¿Correcte?

MAX. Sí. El cotxe està a punt.

JIM. ¿Suposo que vas pagar l'assegurança del cotxe? ¿Oi, Max?

MAX. Sí, esclar...

JIM. Molt bé. 11.50. En Joe entra a la joieria i mira anells de compromís. ¿Correcte?

JOE. Sí.

JIM. 11.52. El guarda de seguretat, com cada matí, sortirà a fer el cafè. Aquests són els cinc minuts crucials. Tu, Beni, entres i demanes veure el collaret de maragdes. Tu, Joe, vigiles. Quan tregui el collaret li pagues les tres-centes mil peles que et demanarà i sortiu corrents, pugeu al cotxe i foteu el camp. ¿Correcte?

BEN *(perplex)*. ¿Li he de pagar tres-centes mil peles?

JIM. Correcte. I sortir cagant llets.

BEN. Però, però...

JIM. ¿Què?

BEN. ¿Per què l'hem de pagar?

JIM. ¿Per què? ¿És que vols tenir problemes amb la policia? Ja he vist massa gent podrir-se a la presó per ximpleries com aquesta de marxar sense pagar.

BEN. Però...

JIM. ¿Què?

BEN. Si és un robatori...

JIM. ¿Es pot saber d'on ha sortit, aquest paio? ¿No vaig dir que solament volia professionals per a aquest cop?

Tots miren malament el Ben.

BEN. No ho entenc...
JIM. Escolta, aquí les coses es fan a la meva manera o no es fan, ¿entesos?
BEN. Sí, sí, esclar, com tu diguis, com tu diguis...
JIM. ¡Merda d'aficionats!

Restaurants

Acabar-s'ho tot

El Ramon tranquil·lament a la taula d'un restaurant de luxe. A la taula del costat hi ha el Narcís i l'Olga. S'acosta la Marieta, que és la xef, amb un plat a mig acabar a les mans. L'acompanya el maître Tomàs.

Marieta *(assenyalant el Ramon)*. ¿És aquest?

El maître assenteix amb el cap.

Marieta *(al client)*. ¿Què diu, que no li ha agradat?

Ramon *(sorprès)*. ¿Eh...? No, sí, sí que m'ha agradat, però és que ja estava tip.

Marieta. O sigui ¿que no s'ho pensa acabar?

Ramon. Dona, és que no tinc més gana.

Marieta. ¿Que no té més gana? ¿Vostè sap el temps que perdo jo cuinant?

Ramon. No, sí... I ho fa molt bé.

Marieta. I tingui o no tingui ganes de cuinar, cuino. ¡O sigui, que ja es pot acabar el que li queda!

Ramon. ¿Com?

Marieta. ¡Que s'ho acabi! I si no, haver demanat mitja ració. ¡A veure si es pensa que hem d'anar tirant el menjar, aquí!

RAMON. ¡És que estic tip! No m'entra res.
MARIETA. ¿Vol que l'ajudi a fer-l'hi entrar? ¡Tomàs, porta l'embut!

El maître Tomàs fa l'acció de marxar.

RAMON. ¡Eh! No, no... Ja m'ho menjo...

La Marieta li col·loca el plat a taula i el Ramon comença a menjar lentament.
Els de la taula del costat reclamen l'atenció de la xef.

NARCÍS. Perdó...
MARIETA. ¿Què vol?
NARCÍS *(atemorit)*. ¿Que podem marxar ja, nosaltres?

La Marieta s'apropa i escruta els plats.

MARIETA. Vostè no, ella sí.
NARCÍS. ¡Però si anem junts!
MARIETA. Doncs mentre l'espera, ella que vagi prenent unes postres.
OLGA. No, no... jo marxo. Adéu, Narcís, truca'm quan surtis, o escriu-me.

L'Olga marxa corrents abans no la facin tornar a quedar.

MARIETA. ¿Vol una mica més de pa?
NARCÍS. ¡Nooooo!
MARIETA. Doncs escuri el plat com sigui, perquè m'hi he estat tot el matí fent aquesta salsa. O sigui que vostè mateix...

El Narcís es mira la Marieta resignat i comença a llepar el plat.

NARCÍS. Sí, sí...
MARIETA *(al cambrer)*. ¡Estan plens de manies!

HINDÚ

Restaurant de luxe. És de nit. Ambient romàntic. El Fermí està sol en una taula on és evident —hi ha dues tasses de cafè— que hi havia una altra persona. Un hindú arriba del fons oferint roses als comensals. Ningú no li fa cas.

SIDHARTA. Roses... ¿Vol una rosa? Roses... Roses...
FERMÍ. Hola. ¿Em dónes una rosa?
SIDHARTA. ¿Eh?
FERMÍ. Una rosa... ¿Quant és?
SIDHARTA. ¿Vol una rosa?

El Fermí controla que no vingui la seva parella del bany.

FERMÍ. Sí...
SIDHARTA *(sorprès)*. És la primera vegada que algú em compra una rosa...
FERMÍ. Bé. Sempre hi ha una primera vegada. ¿Quant valen?
SIDHARTA. No ho sé. Sé el que valien quan vaig començar,

fa tres anys, però ara, no ho sé. Hauria de calcular l'augment del cost de la vida, no ho sé, no estava preparat per a una situació com aquesta...

FERMÍ *(donant-li un bitllet)*. ¿Et semblen bé dues-centes?
SIDHARTA. Sí, però no tinc canvi. Com que mai venc res, doncs surto de casa sense canvi...
FERMÍ *(buscant un cambrer)*. A veure si algú ens dóna canvi...

Sidharta canvia d'actitud: deixa la seva natural simpatia per adoptar un posat suspicaç.

SIDHARTA. ¿Per què em vol comprar una rosa? Li faig pena...
FERMÍ. ¿Eh?
SIDHARTA. Li faig pena...
FERMÍ. ¡Què coi m'has de fer pena! No em fas pena.
SIDHARTA. Sí. Li faig pena. «Mira quina pena, el pobre hindú, o pakistanès venent roses.» Perquè segur que no sap ni el que sóc...
FERMÍ. Sí... No, no ho sé... ¿Pakistanès?
SIDHARTA. No.
FERMÍ. Doncs indi... *(rectifica)* hindú...
SIDHARTA. Tampoc. Sóc de Sri Lanka. ¿Per què em vol comprar una rosa? Jo no veig cap noia aquí, o noi, en això sí que no m'hi ficaré...
FERMÍ *(picat)*. És una noia i és al lavabo a punt de tornar en qualsevol moment... ¿Vols donar-me una rosa?
SIDHARTA. No hi ha cap noia, o noi, s'ho està inventant perquè li faig pena...
FERMÍ. Mira, dóna'm cinc roses i ja està. En paus...

SIDHARTA. ¿Cinc flors? ¡Caram! ¿Que la vol impressionar? Ningú no regala cinc roses, és de mal gust regalar cinc roses...

FERMÍ. Mira, ja no cal, adéu...

SIDHARTA. Potser no és al lavabo. Potser només era una excusa per marxar i deixar-lo aquí plantat...

FERMÍ *(emprenyat)*. ¿Què dius?

SIDHARTA. Potser ja l'ha decebut...

FERMÍ. Adéu...

SIDHARTA. ¿Quin concepte pot tenir una noia d'una persona que ha estat incapaç de pensar en comprar un pom de flors abans de la cita però que, de cop, perquè passa un pobre desgraciat venent flors, té la gran idea de regalar-li una rosa...

FERMÍ *(sense voler cridar l'atenció)*. ¿Vols marxar?

SIDHARTA. Al meu país cada jove planta el seu propi roser.

FERMÍ. ¡Que bé!

SIDHARTA. I es passa setmanes cuidant personalment cada rosa abans d'oferir-la a la seva enamorada... Occidentals, feu pena...

FERMÍ *(cridant)*. ¡Vés-te'n a cagar!

La gent de les taules veïnes reacciona. Sidharta se'n va.

VEÍ. ¡Eh, que no n'hi ha per a tant!

VEÏNA. Només volia vendre't una rosa...

UNA. Sembla mentida...

UN. ¡Xenòfob de merda!

Arriba l'Ariadna i l'abraça per darrere.

FERMÍ. ¿On eres? M'estava preocupant.
ARIADNA. ¿Ah, sí? ¡Que ets maco! Té.

L'Ariadna li dóna una rosa. El Fermí queda de pedra.

ARIADNA. ¿Què passa?
FERMÍ. ¿Eh? No res...
ARIADNA. ¿No t'agraden les flors?
FERMÍ. Sí... ¿D'on l'has tret?
ARIADNA. ¿No em diguis que ets dels que creuen que les flors són una tonteria?
FERMÍ. No... Però...
ARIADNA. Mira, val més no espatllar-ho i quedar com a bons coneguts...
FERMÍ. Ariadna...
ARIADNA *(marxant)*. Adéu...

L'Ariadna deixa el Fermí amb un pam de nas. Els veïns ho aprofiten per matxacar-lo.

VEÍ. Pobra noia...

NÚMEROS

Restaurant de no massa categoria. Algunes taules plenes. La cambrera fa senyal a un cambrer que hi ha una taula per servir.
El cambrer va cap a la taula, on hi ha un home que consulta el menú.

CAMBRER. ¿Què serà?
CLIENT. De primer, una amanida.
CAMBRER *(mentre apunta)*. Un 24.
CLIENT. ¿Porta salsa rosa?
CAMBRER. Si vol, sí... ¿un 24 amb 37? Vinga.
CLIENT. Poc enciam, si pot ser.
CAMBRER. Un 24 amb 37 i poc 19.
CLIENT. I més pasta que no pas formatge.
CAMBRER. Un 24 amb 37 i poc 19 amb més 66 que 11... ¿I de segon?
CLIENT. Calamars a la romana.
CAMBRER. Un 76...
CLIENT. ...amb maionesa i llimona...
CAMBRER. Un 76 amb 33 i 13... ¿I per beure?
CLIENT. Vi...
CAMBRER. ¿44? ¿92? o ¿23?
CLIENT. No ho sé... ¡rosat!

Passa la cambrera i intercavia una mirada de complicitat amb el cambrer.

CAMBRER. 92... ¿92-60-91?
CLIENT. ¿Què coi és, això? ¿Les mides de la cambrera?
CAMBRER. ¿Rosat, agulla i fresc?
CLIENT. Sí, esclar.
CAMBRER. Coi, ¡doncs 92-60-91! ¿Postres?
CLIENT. Plàtan.
CAMBRER. Un 27... ¿Cafè?
CLIENT. Tallat descafeïnat amb la llet freda i descremada... i sacarina.
CAMBRER. Un 14-63 amb 34-88 i 18...
CLIENT *(una mica desesperat)*. I pa.

CAMBRER. El 97 ja ve inclòs. Molt bé...

El cambrer se'n va cridant la comanda a barra.

CAMBRER. *Oído*: un 24 amb 37, poc 19 i més 66 que 11; un 76 amb 33 i 13, un 92-60-91, un 27, un 14-63 amb 34-88 i 18, i el 97... ¡¡per a la 15!!

El cambrer i la cambrera es troben a la barra. La cambrera ja plega.

CAMBRERA. Jo ja plego. ¿Tu ja estàs?
CAMBRER. Sí...

El cambrer es treu l'americana i es posa la de carrer. Els dos s'acomiaden de la cuina.

CAMBRER I CAMBRERA. ¡Adéu!

El cuiner treu el cap per la finestra de la cuina.

CUINER. ¿Un 10?
CAMBRER I CAMBRERA. ¡No, adéu!

Van sortint cap al carrer.

CAMBRERA. ¿Què vols fer?
CAMBRER. ¿Un 69? ¿A casa teva?
CAMBRERA. Ho sabia... ¡Vinga!

Menú colesterol

En un restaurant de luxe, un maître es disposa a prendre nota a una parella que acaba de consultar els menús.

Maître. ¿Els senyors han decidit?

Josep. Sí, obrirem amb un còctel de colesterol.

Maître. Excel·lent elecció.

Maria. ¿És colesterol fresc del dia?

Maître. Absolutament, res a veure amb el que puguin tenir vostès acumulat.

Josep. Perfecte. Seguirem amb un bon plat de greixos saturats.

Maître. ¿Com els agrada? ¿Saturats, molt saturats, un puntet saturats?

Josep. Un puntet saturats.

Maria. Per a mi saturats a rebentar. Un dia és un dia.

Maître. ¿Guarnició de lípids amb oli verge de colzoil?

Josep. Ja m'està bé.

Maria. ¿Poden ser radicals lliures?

Maître. Poden ser. ¿Postres?

Josep. Qualsevol assortiment hipocalòric.

Maria. Arrosé amb colorants.

Maître. Se'n llepara els dits. Tenim uns additius exquisits.

Maria. No penso portar-li la contrària.

Josep. I evidentment una bona tassa de cafeïna amb glicèrids.

Maria. Triglicèrid per a mi.

Maître. Per beure...

JOSEP. ¿Què té?
MAÎTRE. Tenim un Côtes du Rhône un pèl carregat de plom esplèndid.
MARIA. Perfecte.
MAÎTRE. Molt bé.

El maître es retira discretament. La parella s'agafa de les mans i suspira desil·lusionada.

JOSEP. Aquests sopars d'aniversari ja no són el mateix d'abans, ¿oi?
MARIA. No. Les normatives comunitàries estan matant la poesia dels sopars romàntics.

NO EN TENIM

Una parella, asseguts a la taula d'un restaurant, consulten la carta. No hi ha ningú més. S'acosta el cambrer amb bloc de notes i boli.

CAMBRER. Molt bé... ¿Ja ho tenen decidit?
HOME. Sí. Jo voldria una amanida...
CAMBRER. Ho sento, però no en tenim...
HOME. ¡Vaja...! Doncs, ¿què teniu de sopes?
CAMBRER. No ens queda res de sopes...
DONA. Jo voldria l'especialitat del xef: crudités.
CAMBRER. Ui, no... no ens queda res d'això...
DONA. Espaguetis, doncs...
CAMBRER. Espaguetis no pot ser... no en tenim...

DONA. Vaja...
HOME. Doncs jo ja ho tinc... Faig un fricandó de primer...
CAMBRER. No ens queda fricandó... ho sento.
HOME. ¿Tenen creps?
CAMBRER. ¿De què la vol?
HOME. Pernil i formatge.
CAMBRER. No en tenim, de pernil i formatge.
DONA. Doncs de tonyina.
CAMBRER. Tampoc.
HOME. ¿De què les teniu?
CAMBRER. No en tenim... però en tindrem... si es vol esperar a dimecres...
DONA. ¿A dimecres? ¡Però si queden tres dies!

El cambrer fa gest de voler dir que no hi pot fer res.

HOME. A veure... Doncs una truita a la francesa, va...
CAMBRER. Se'ns han acabat els ous.

La dona deixa la carta.

DONA. Doncs mira, un entrepà del que sigui i tirant...
CAMBRER. A aquestes hores... No tenim entrepans.
HOME. Home, ja està bé... ¡No teniu res! ¿Això és un restaurant o el desert del Sàhara?
DONA. Tranquil, Jordi, tranquil. Acabem més ràpid... ¿Què ens pot servir?
CAMBRER *(resolutiu)*. Pizzes... De pizzes, les que vulguin...
DONA. Molt bé, doncs jo una Quatre Estacions.
HOME. Jo una Napolitana.

El cambrer apunta.

CAMBRER. Perfecte.

El cambrer se'n va al taulell. Hi ha un telèfon. Truca.

CAMBRER. ¿Pizza Ràpid? Sí, miri, voldria una pizza Quatre Estacions i una Napolitana... *(als clients)* ¿De beure?
HOME. Dues cerveses.
CAMBRER. Molt bé...
CAMBRER. I dues cerveses. Sí, al Bar Central... Molt bé... ¡Déu!

El cambrer agafa un diari, seu i el comença a llegir. La parella es mira desconcertada.

CABRIT

Una parella fent un sopar romàntic en un restaurant molt fi. Arriba el maître.

MAÎTRE. ¿Els senyors s'han decidit?
MANEL *(fent l'entès).* Sí. Un cabrit «à la fine églantine».
MAÎTRE. Excel·lent decisió. Se'n lleparan els dits.
MÀRCIA. Per cert. ¿Com el preparen?
MAÎTRE. Doncs miri. Agafem el cabrit quan la seva mare encara l'alleta. Si sabés com crida. Fan una gràcia. Bé, el separem de la mare, però no gaire lluny, perquè no es posi nerviós i s'endureixin els músculs.

El Manel i la Màrcia comencen a fer mala cara.

MAÎTRE. Aleshores, sempre al davant de la mare, agafem el cabrit i li clavem un cop de martell a la base del crani. Però sense matar-lo del tot, aquest és el secret.

El Manel i la Màrcia ho estan passant fatal.

MÀRCIA. ¿Ah, sí?
MAÎTRE. Sí. Amb el cabrit encara viu, el posem de cap per avall i l'obrim en canal, li traiem els budells i deixem que es dessagni lentament. Per això la carn és tan tendra i tan bona.

El Manel i la Màrcia es miren a punt de vomitar.

MANEL. Miri... Jo... jo prendré només endívies...
MÀRCIA. Sí; jo també...
MAÎTRE. Excel·lent decisió, se'n lleparan els dits. Després de regar-les, quan el sistema nerviós està més relaxat, les arranquen violentament de la terra i les ofeguen en oli de colzoil fins que noten que a les fulles no els arriba la saba, llavors...

El Manel i la Màrcia surten corrents a vomitar.

Metges

Psicoadoptat

Consultori d'un psicoanalista. El pacient està estirat al divan i, al seu costat, el psicoanalista fa avions de paper.

Àlex. Sóc fill adoptat, he viscut sempre a cases d'altres, de lloguer. He tingut sempre cotxes de segona mà, em compro la roba a mercats de segona mà, els llibres de segona mà, a llibreries de vell. Les meves converses les esquitxo sempre de frases fetes, entro al futbol amb un carnet que em deixen, menjo gairebé sempre plats precuinats, no he tingut cap xicota verge, llogo vídeos, els diaris els llegeixo als bars, arrugats i amb taques de cafè d'altres, m'ha tocat l'època ecologista i tot el que m'envolta és reciclat. ¡Mai no estreno res, tot és de segona mà! I a sobre sóc actor i visc les vides d'altres... Si tingués una personalitat pròpia, segur que la tindria en crisi.

Inspecció de marits

En un consultori mèdic, una doctora examina el Jaume sota l'atenta mirada de la seva dona, la Montse.

Doctora. A veure les dents...

El Jaume obre la boca.

Doctora. Molt bé, la prova física ja la té superada.
Jaume. Que bé...
Doctora. Però encara falta l'examen psicotècnic...
Montse. Això...

La doctora ensenya al Jaume les típiques cartolines amb taques de tinta.

Doctora. Jaume, ¿què hi veus, aquí?
Jaume. Jo rentant els plats.

La doctora li mostra una altra cartolina.

Doctora. ¿I aquí?
Jaume. Jo fent-li un massatge a la meva dona.
Doctora. Molt bé. ¿Quan és el vostre aniversari?
Jaume. El 20 de març.
Doctora. ¿Quin perfum fa servir la teva dona?
Jaume. Nits d'Orient.
Doctora. ¿Quan vau anar junts de botigues per darrer cop?

JAUME. La setmana passada.

DOCTORA. Perfecte, doncs ja està.

MONTSE. ¿Com ha anat?

DOCTORA. Molt bé, ara ja no haurà de passar la Inspecció Tècnica de Marits fins al 2005...

MONTSE. ¿Ara és cada cinc anys?

DOCTORA. Sí, a mesura que es fan grans, com que ja tenen el cervell condicionat, les inspeccions s'espaien.

MONTSE. Al contrari dels cotxes, vaja.

DOCTORA. Exacte.

MONTSE. ¿M'ha dit 200...?

DOCTORA. 2005.

MONTSE *(apuntant-s'ho)*. 2005... Perfecte. M'ho apuntaré perquè si no, entre la ITM i la ITV, em faig uns embolics...

NEVERA BRONCA

La Carola va cap a la nevera i l'obre. A dins hi ha un home, que la comença a insultar violentament.

DIETISTA. ¡Foca, tia gorda, balena! ¿Per què no vas a practicar una mica el sumo?, ¿eh? ¡Bola de greix, tros de carn!

La Carola, espantada, tanca la nevera. La torna a obrir amb cautela, i els insults es repeteixen. Arriba la Lula.

DIETISTA. Hola, mamut, ¿no deus voler sortir al carrer arrossegant aquest cul? Déu meu, ¿és una impressió meva o t'estàs engreixant per moments? ¡Foca!

La Carola tanca la porta espantada.

CAROLA. ¿Qui és, aquest tio?
LULA. El meu dietista. És que estic fent règim. És un mètode molt bèstia, però... funciona...

QUIRÒFAN

A peu d'una carretera una ambulància aturada. Un doctor i els infermers intenten salvar la vida d'un pacient amb una mascarilla a la boca que no para de bellugar-se sobre la llitera. Ambient frenètic.

DOCTOR. ¡Ràpid, infermera, anestèsia, més anestèsia o no responc del pacient!
INFERMERA. Ja no ens en queda, doctor Bartomeus, no ens en queda.
DOCTOR. ¿Com que no en queda?
INFERMERA. El doctor Miserachs se la va acabar ahir a la nit, en el seu comiat de casat.
DOCTOR. ¿S'ha tornat a divorciar? ¡Merda, merda, merda! ¡Se'ns en va! Agafi'l fort, Amadeu, pel que més vulgui.
INFERMER. Sí, doctor...

L'infermer l'intenta agafar fort, però el pacient li fot un cop de puny. Després deixa anar una puntada de peu al doctor.
La infermera s'aparta, espantada.

DOCTOR. Pel que més vulguin, que se'ns en va, que algú l'agafi.

El pacient li fot empenta al doctor i se'n va corrents.

DOCTOR. Merda, se'ns en va...

Tots tres miren derrotats cap a la carretera veient com el pacient fuig.

INFERMER. Ho sento, doctor...
DOCTOR. Se'ns n'ha anat... Ha tornat a passar, és culpa meva...
INFERMER. No és culpa seva, doctor.
DOCTOR. Sí...
INFERMERA. No. Vostè ha fet tot el que ha pogut.
DOCTOR *(enfonsat)*. ¡Merda! Hem perdut un altre donant.

La infermera, posant-li la mà a l'espatlla, intenta consolar-lo.

INFERMERA. Doctor...

Amigues psicòlogues

Dues amigues psicòlogues —la Judit i la Clara— a la consulta de la primera.

Clara. Mira, Judit, et vull demanar consell...
Judit. ¿Com a psicòloga o com a amiga?
Clara. Com a amiga.
Judit. Digues.
Clara. No sé, últimament estic molt nerviosa. ¿Tu creus que és per culpa de la meva relació amb el Santi?
Judit. ¿M'ho preguntes com a amiga o com a psicòloga?
Clara. Ja t'he dit que com a amiga.
Judit *(agafa un to amistós)*. Penso que el Santi és un desgraciat de merda. ¿Creus que la teva angoixa va a més?
Clara. ¿M'ho preguntes com a amiga o com a psicòloga?
Judit. Com a psicòloga.
Clara *(agafa un to seriós)*. Estic a punt d'arribar al *panic atack*. ¿Creus que hauria de tallar amb el Santi?
Judit. ¿M'ho preguntes com a amiga o com a psicòloga?
Clara. Com a amiga.
Judit *(agafa un to amistós)*. Com a amiga, crec que hauries de fer fora aquest porc malparit. Tot i que, ¿tens algun altre problema que t'incrementi l'angoixa?
Clara. ¿M'ho preguntes com a amiga o com a psicòloga?
Judit. Com a amiga.
Clara. No ho sé.
Judit. ¿I com a psicòloga?
Clara *(agafa un to seriós)*. Tinc un trauma de la infància: no suporto el flam de vainilla. Són una merda. ¿Pot ser

que el Santi estigui pagant la meva fòbia als flams? ¿Què puc fer?

JUDIT. ¿M'ho preguntes com a amiga o com a psicòloga?

CLARA. Com a psicòloga.

JUDIT. Ser forta, ser radical, superar aquest obstacle.

CLARA. ¿Del flam de vainilla?

JUDIT. Del Santi.

CLARA. ¿I com a amiga?

JUDIT *(agafa un to amistós)*. L'enviaria a la merda. M'alliberaria d'un inútil fastigós, d'un llepaculs impresentable.

CLARA. Sí... Eliminaria un mecanisme de defensa com a recurs interpersonal.

JUDIT. Doncs ja està tot dit.

CLARA. Ei, tia, gràcies, m'ha anat de puta mare el teu rotllo. T'ho dic com a amiga.

JUDIT. ¿I com a psicòloga?

CLARA *(agafa un to seriós)*. T'agraeixo l'avaluació de nivells d'ansietat i la teràpia de suport aplicada sense administració d'ansiolítics.

JUDIT. Gràcies...

Psicocrític

Consultori d'un psicoanalista. El pacient estirat al divan i, al seu costat, el psicoanalista.

PSICOANALISTA. Quan vulgui... Parli'm dels seus records...

ÀNGEL. El meu part va ser una merda: previsible, obvi,

llarg, mancat de ritme. La meva infantesa, buida, pesada, sense girs emocionals, es va desenvolupar en un únic espai: int./ dia. int./ nit. La meva adolescència va ser una broma privada que no entenia ni el seu autor: sense estructura, incomprensiva, diàlegs ximples i reiteratius, un personatge peripatètic i poc definit que —¡oh, gran idea!— es va acabar matriculant a dret. Allà, seguint un arc dramàtic inexistent, rebutjat reiteradament per secundàries sense frase i buscant un clímax que mai va arribar, em vaig convertir en el millor dels mediocres. Llavors, com que no sabia què fer, em vaig fer crític de cinema.

Equívocs

Amics que es troben

Dos homes coincideixen a la sauna d'un gimnàs. De cop, es miren i es reconeixen.

Lluís. ¿Pau?
Pau. ¡Hosti!, ¡Lluís!

Es fan una forta abraçada.

Lluís. ¿Com estàs? ¿Què fas? ¿Com et va tot?
Pau. Bé, bé... ¿I tu?
Lluís. Bé, molt bé... ¡Hosti, que en feia, d'anys, que no ens vèiem!
Pau. Una pila... ¡Quins temps!

Gest de complicitat entre els dos. No saben què dir-se i intenten recordar records comuns.

Lluís. ¡Pau...!
Pau. ¡Lluís...!
Lluís. ¡Pau...!
Pau. ¡Lluís...!
Lluís *(desinflat)*. ¡Pau...!

PAU *(desinflat)*. ¡Lluís...!
LLUÍS. ¿Per què vam deixar de veure'ns...?
PAU. No ho sé... La feina, suposo...
LLUÍS. O la família...
PAU. Sí... Escolta... ¿Tu i jo no estàvem emprenyats?
LLUÍS. ¿Nosaltres? No me'n recordo.
PAU. Sí... ¿Què era?
LLUÍS. No ho sé... ¿Alguna cosa de peles?
PAU. No, per peles no crec que fos...
LLUÍS. No ho sé...
PAU. ¿Tu no em vas fotre la Mireia?
LLUÍS. Sí, però emprenyar-se per una tia...
PAU. Sí, no... Esclar...
LLUÍS. ¿Què era?
PAU. No ho sé...

Al Lluís li ve el record al cap i canvia radicalment d'actitud.

LLUÍS. ¡Els carnets del Barça!
PAU. ¿Quins carnets del Barça?
LLUÍS. Uns que m'havien donat a mi per a la final de la copa i que tu et vas quedar.
PAU. ¿Jo?
LLUÍS. Sí. Tu, lladre de merda.
PAU. ¿Encara estem així?
LLUÍS. ¿Com vols que estigui? No sóc rancorós, però és una cosa que no oblidaré mai.
PAU. Aquells carnets me'ls van donar a mi.
LLUÍS. Sí, i tant... Dins d'un sobre al meu nom.
PAU. ¡Calla, burro, des de quan saps llegir!
LLUÍS. ¡Fill de puta!

PAU. ¡Vés-te'n a cagar!
LLUÍS. ¡Vés-hi tu!

El Pau deixa la sauna.

PAU. ¡Tu, idiota!
LLUÍS. Tu. ¡I no tornis a trobar-me mai més!

PALLISSA

Restaurant. L'Amanda i el Toni als cafès. Ella té molta classe. Ell és un hortera que li està fotent una conversa pallissa. Al costat, la taula del Gerard que no perd bola de la situació que està suportant l'Amanda.

TONI. I va el tio i li diu: «A que no me pillas.» El tio li diu: «A que no me pillas», el tio. «A que no me pillas.» ¿Ho entens? El tio va i li diu: «A que no me pillas», serà possible. «A que no me pillas», el tio...

S'acosta el cambrer amb una safata amb ampolles de licor.

CAMBRER. ¿Els ve de gust un licor?
TONI. ¿Vols un licor?
AMANDA. No, gràcies.
TONI. Jo sí. ¿Aquest què tal és?
CAMBRER. Molt bo *(irònic)*. Light. Només té 62 graus.

TONI. Light diu, un licor light. ¿No en vols? ¡Si és light! Això no fa mal, si és light, com vols que faci mal. ¿No en vols? ¿No? Si és light! *(beu).* Light, uf. ¡Que light! No vegis si és light, això. Light, diu. I tant que és light... *(s'aixeca).* Vaig a canviar l'aigua a les olives.

El Toni s'aixeca encara comentant com és de light el licor.

El cambrer se'n va horroritzat de l'element en qüestió. El Gerard també està horroritzat però ho supera i s'acosta a parlar amb l'Amanda.

GERARD. Perdona, però és que encara que no volgués he sentit la vostra conversa, bé, el vostre monòleg d'ell i... perdona si em fico on no em demanen, però... però... ¿Què fa una dona com tu, intel·ligent, interessant i, per descomptat, guapa, amb un... impresentable com aquest?

AMANDA. No em queda més remei.

GERARD. ¿Què dius? Esclar que sí. Ets jove, tens tota la vida per endavant... No pots acomodar-te, tallar-te les ales, segur que tens altres projectes que no passen per ell.

AMANDA. Segur...

GERARD. Llavors... ¿Què cony fas amb un imbècil com aquest?

AMANDA. Sóc puta. Em toca anar amb imbècils com aquest.

El Gerard no sap quina cara fer.

GERARD. ¡Ah! Ja... Perdona... Perdona...

De fons se sent la veu del Toni que anuncia la seva propera presència.

TONI. Light diu. Això és un licor light. Sí, light...

ANIMALS DE COMPANYIA

En una botiga d'animals una dona està mirant distretament els diferents exemplars. Arriba un client i, equivocadament, s'adreça a ella.

CLIENT. Perdoni.

La dona comprèn que l'ha pres per la venedora i entra en el joc de fer-se passar per venedora.

DONA. ¿En què el puc ajudar?
CLIENT. Sí, miri, estava buscant un animal de companyia...
DONA. No, no és aquí...
CLIENT *(estranyat)*. ¿Aquí no tenen animals de companyia?
DONA. No. L'agència matrimonial és la botiga del costat.
CLIENT *(no entén l'acudit)*. No, jo ja m'entenc, una mascota, volia dir...

La dona, veient que el client és dels curts de gambals, segueix el joc.

DONA. ¡Ah, sí, això sí! ¿Ve amb alguna idea en concret?
CLIENT. No... ¿Quins animals tenen?
DONA. Bé... Pràcticament tots...
CLIENT. Ja... No ho sé... Una mascota... Qualsevol em va bé... Que parli, si pot ser... ¿Tenen lloros?
DONA. No, lloros no...
CLIENT. Periquitos...
DONA. No...
CLIENT. Cotorres...
DONA. No...
CLIENT. ¿Cacatues?
DONA. No...
CLIENT. ¿Què els queda, que parli?
DONA. Que parli... Que parli... ¿Un dofí?
CLIENT. ¿Els dofins parlen?
DONA. Sí, entre ells. Però, esclar, si el volgués sentir parlar hauria de comprar, com a mínim, la parella...
CLIENT. ¿Són molt grans?
DONA. Uns dos metres de llargada...

Al client no li sembla massa.

CLIENT. Ah....
DONA. Però necessiten molt d'espai per moure's. ¿Té lloc a casa?
CLIENT. Tinc una galeria...
DONA. Justet... ¿I una serp?
CLIENT. ¿Les serps parlen?
DONA. No. És veritat, no parlen... Però en tenim una de molt animada, que duu cascavells...
CLIENT. ¡Està bé! Cascavells, com els gats, per saber sempre on és...

DONA. Més o menys...

El client perd de cop la il·lusió que tenia per les serps.

CLIENT. Però... ¿Les serps, com a mascotes, són bones...?
DONA. Sí... Són molt enrotllades...
CLIENT *(desconfiat)*. ¿No sortia una serp al conte aquell del *Petit príncep*? ¿Una serp que es menjava un elefant?
DONA. Sí. Però... ¿Vostè té un elefant a casa?
CLIENT. No...
DONA. Llavors, no hi ha cap perill.
CLIENT. Sí, esclar... *(encara no sembla convençut)*. I alguna cosa més petita... ¿Tenen hàmsters marrons?
DONA. No. Però n'hi podem tenyir un de blanc...
CLIENT. No ho sé...

Al client li sembla tot molt complicat.

CLIENT. ¿Diu que hi ha una agència matrimonial...?
DONA. Aquí al costat...
CLIENT. Doncs em sembla que aniré al segur perquè... tanta varietat animal m'atabala una mica...
DONA. Com vulgui... Però pensi que els animals de companyia sempre surten més cars...
CLIENT. Ja... Ja... Bé, m'ho repenso i, si de cas, torno...
DONA. Aquí estarem...

El client se'n va. La dona riu. Entra l'encarregat per darrere d'ella.

ENCARREGAT. Perdoni si l'he fet esperar una mica.
DONA. No, tranquil... M'he distret molt amb tant d'animal solt com hi ha...

L'encarregat posa sobre el taulell un paquet de regal en forma de foxterrier.

ENCARREGAT. Aquí el té. Un foxterrier embolicat per regal.
DONA. Perfecte.

EL MALENTÈS

Una parella pren unes cerveses en una terrassa cèntrica. El Dan veu algú de lluny.

DAN. ¡Mira qui ve! Cris, ¿què hi fas, per aquí?
CRIS. ¡Ei, què tal! ¿Com va?
FLO. Bé, descansant de les compres, amb el pis nou ja se sap.
CRIS. Molt bé, per cert... Me n'alegro molt, que continueu junts, era una pena.

La Flo i el Dan no entenen res.

FLO. ¿Junts?
DAN. ¿Una pena?
FLO. ¿El què?

El Cris s'adona que acaba de ficar la pota.

CRIS. No, que... és que em va dir el Gary que...
DAN. ¿El Gary? ¿Què va dir el Gary?
CRIS. Bé, ja saps com diu les coses...

FLO. No. ¿Com les diu?
DAN. Això, ¿què ha dit?
CRIS. Bé, res. Són coses que es diuen, no ho va dir amb mala intenció.
DAN. Si ho va dir amb mala intenció o no, ja t'ho diré jo, si em dius el que va dir.
CRIS. Jo no sóc qui per dir-ho, però...
FLO. Vinga, digue-ho.

Apareix el Gary, també de compres.

GARY. ¡Hola! ¿Què hi feu tots, per aquí?
TOTS. ¡Gary!
GARY. Mira, com qui diu pensava en vosaltres.
FLO. ¿Es pot saber què vas dir de nosaltres?
GARY *(defensant-se)*. Jo no he dit res.
DAN. No diguis això, el Cris ens ho ha dit.
GARY. ¿Què ha dit? ¿Que vaig dir què? *(a en Cris)*. ¿Què has dit?
CRIS. Jo no he dit res que no haguessis dit tu abans.
FLO. ¿Ho vas dir o no?
GARY *(caut)*. T'ho diré si em dius el que diuen que vaig dir.
DAN. Ja saps el que diuen que vas dir.
GARY. ¡No em diguis!
DAN. Sí que ho dic.
CRIS. Vinga, digues.
GARY. Doncs jo no he dit res d'allò que tu dius que jo vaig dir.
FLO. Això ho diràs tu.
GARY. I tant que ho dic jo.

El Dan intenta asserenar els ànims.

DAN. Bé, bé, potser ho va dir algú altre.
CRIS. Doncs, mira, no et diria jo que no.
GARY. El que jo et digui, ho va dir ell.
FLO. Vinga, deixem-ho estar, el que s'ha dit, dit està.
CRIS. Ben dit.

La situació sembla controlada.

DAN. Sí, ja, però... no ho dic per dir, però... Enteneu-me, es diuen tantes coses.
GARY. Sí, esclar, per dir que no quedi.
CRIS. Bé, ja que està tot aclarit, me'n vaig abans que tanquin les botigues.
GARY. Espera, t'acompanyo, he quedat amb la Clara. Adéu.

El Cris i el Gary surten, o fugen, i el Dan i la Flor queden més tranquils.

DAN/FLO. Adéu, adéu...
FLO. Uf, sort que ha quedat tot clar.
DAN. Sí... les coses clares.
FLO. Esclar. Per cert... ¿Saps el que diuen de la Clara?
DAN. ¿Què diuen?

EMBOLIC FAMILIAR

Despatx del cap d'estudis d'una escola. Al voltant de la taula, un professor, el Joan, l'Helena, l'Olga, la Joana i el Marc.

PROFESSOR. A veure... Els he fet venir perquè el rendiment escolar del Víctor ha baixat molt darrerament.

JOAN. És que el meu fill està en una edat difícil, ja sap, comença a tontejar amb les noies, i...

HELENA. Joan, perdona, però no crec que sigui per això. Al Víctor no li ha agradat mai estudiar, i...

OLGA. No, no, això sí que no. El meu fill estudiava molt, de petit. És ara, des que... *(assenyala el Joan)*... ha anat a viure amb el seu pare, que...

JOAN. ¡Olga...!

HELENA. ¿Què vols dir? ¿Que no sóc una bona mare per al Víctor?

OLGA. Només et dic que jo el vaig parir i que el conec una mica més que tu, maca...

JOAN. ¡Olga, sisplau!

HELENA. ¡Molt bé, potser només fa tres mesos que estic amb el Joan, però tinc un fill d'una relació anterior i no ha tingut mai problemes a l'escola...!

MARC. Això és veritat, l'Oriol és molt bon estudiant, i fins i tot és una bona influència per al Víctor...

El professor no arriba a seguir tant parentesc.

PROFESSOR *(al Marc)*. Perdoni, vostè és...

MARC. L'exmarit de l'Helena, i he de dir que és una mare de primera.

JOANA. Però és que ningú posa en dubte si l'Helena és o no una bona mare, el fet és que el Víctor treia més bones notes quan vivia amb la seva mare i amb mi.

El Marc tampoc no pot assimilar tanta informació.

MARC. ¿Tu qui ets?
JOANA *(allargant-li la mà).* La Joana, sóc l'actual parella de l'Olga.
MARC. Tant de gust...

L'Esteve entra corrent al despatx.

ESTEVE. Olga, sento arribar tard...
PROFESSOR. ¿I vostè qui cony és?
ESTEVE. Esteve Garcia, vaig ser el pare del Víctor del 87 al 92...
HELENA. ¡Esteve!

L'Esteve se sorprèn de trobar l'Helena al despatx.

ESTEVE. Helena, guapíssima, ¿què fas per aquí?
HELENA. És que ara sóc la mare del Víctor...
JOAN. ¿Us coneixeu?
HELENA. Sí, vam tenir un fill junts... Per cert... ¡Divendres que ve tenim hora al pediatre!

Tots sospiren i treuen les seves respectives agendes.

OLGA *(farta).* ¿Aquest divendres, dius...?

El professor, que cada cop s'ha anat posant més nerviós, llença en l'aire l'avaluació del Víctor i surt del despatx.

BARBARISME

Dos operaris treballen al carrer. Passa la Núria, una noia de bon veure, per davant d'ells. Les feromones se'ls posen a tope.

MICKI. ¡Adiós fressó!
PITU. ¡Desde luego, quin cul més guapo!
MICKI. Està fet adrede pel meu pepino.

Els dos homes riuen. La Núria, que ha continuat caminant, s'atura en sec i es gira per encarar-se amb els paletes.

NÚRIA. Perdonin. ¿Què és el que han dit?
MICKI. Mira, la guarra, que vol que l'hi tornem a repetir.
NÚRIA. ¿M'han dit: «Adiós fressó, desde luego, quin cul més guapo, està fet adrede pel meu pepino»?
PITU. Exacte.
NÚRIA. ¿I no els fa vergonya?
MICKI *(rient)*. Sí, molta...
NÚRIA. Fa anys i panys que les institucions fan un esforç titànic perquè el català sigui una llengua viva, actual, dinàmica, i vostès només fan que vexar-lo.
PITU. ¿Què?
NÚRIA. ¿Què els costaria parlar una mica més bé?
MICKI. Només era un piropo...
NÚRIA. ¿Què vol dir «fressó»?
PITU. Fressó... Doncs...

NÚRIA. En català no vol dir res, si no és que es volguessin referir a «maduixot».

MICKI. Això, maduixot...

NÚRIA. O sigui, que seria, Adéu, o adéu-siau, maduixot. ¿Oi que sí?

MICKI. Sí...

NÚRIA. I segur que en català hi ha una manera millor de dir «desde luego»... ¿I és?

Els homes, apocats, no contesten.

NÚRIA. «Per descomptat.» Però en aquest cas potser seria millor fer servir la interjecció «renoi». Per «cul guapo» suposo que volien dir, «cul bell, o cul formós»...

PITU. Sí...

NÚRIA. Després han dit: «està fet adrede». ¿Els sona bé «adrede»? ¿No seria més correcte fer servir «a posta» o «expressament»?

TOTS DOS. Sí...

NÚRIA. I «pepino» és «cogombre», en català. ¿Els ha quedat clar?

MICKI. Claríssim.

NÚRIA. Així doncs... ¿Com quedaria, això que m'han intentat dir?

TOTS DOS *(no saben què dir).*

NÚRIA. Pensin...

MICKI. Adéu-siau, maduixot... ¡Renoi, quin cul més formós! Està fet expressament per al meu cogombre.

La Núria li fot una plantofada i marxa molt ofesa.

NÚRIA. ¡Porc! ¡Com s'atreveix!

Patxi

En el que sembla un garatge atrotinat, en penombra, il·luminats per un càmping gas, dos encaputxats, Patxi 1 i Patxi 2, estudien un plànol. Arriben, també encaputxats, Patxi 3 i Patxi 4.

Patxi 3. Hola, Patxi *(a l'altre)*. Patxi.

Patxi 2. Hola, Patxi *(a l'altre)*. Patxi.

Patxi 1. Collons, ja era hora, Patxi *(a l'altre)*. Hola, Patxi.

Patxi 3. Ho sento, Patxi, però he passat a recollir en Patxi i s'ha fet tard.

Patxi 1. ¿Tot bé, Patxi?

Patxi 4. Sí, Patxi, pensava que ens seguia la policia i en Patxi s'ha posat nerviós. Falsa alarma.

Patxi 1. Bé, l'operació està clara, ¿no? Tu, Patxi, et situes a la cantonada. ¿D'acord, Patxi?

Patxi 2. D'acord, Patxi.

Patxi 1. Tu, Patxi, atent al cotxe.

Patxi 3. Perfecte, Patxi.

Patxi 1. Tu, Patxi, ens cobreixes la retirada, per si de cas en Patxi es troba amb algun contratemps. ¿Entesos?

Patxi 2 i 3. Entesos.

Patxi 4. Un moment, un moment... ¿Qui s'encarrega de la cantonada?

Patxi 1. En Patxi.

Patxi 4. ¿I qui ens cobreix?

Patxi 1. En Patxi.

Patxi 4. ¡Ah, molt bé! Perfecte. En Patxi... Molt bé... En Patxi està bé.

PATXI 1. Sí. A veure, Patxi... ¿Patxi? ¿On s'ha fotut en Patxi?
PATXI 3. En Patxi no ha vingut.
PATXI 1. Aquest Patxi no, l'altre.
PATXI 2. ¿Quin altre Patxi?
PATXI 1. En Patxi.
PATXI 2. ¿Patxi? No em sona de res, ¿és de fiar?
PATXI 3. A veure, no ens emboliquem, és clar que en Patxi cobreix el carrer, mentre en Patxi s'està a la cantonada i en Patxi s'espera al cotxe.
PATXI 1. Exacte.
PATXI 4. Sí, això és clar, ¿però què farà en Patxi? Perquè aquí ens hem de mullar tots.
PATXI 2. ¿De quin Patxi parles, Patxi?
PATXI 1 *(colpejant la taula).* ¡Hòsties! Així mai en traurem l'aigua clara.

El Patxi 1 es treu la caputxa.

PATXI 1. ¡Vinga, fora caputxes! A partir d'ara les coses es diuen a la cara com que em dic Patxi.

Tots els altres patxis es treuen les caputxes.

PATXI 3 *(a Patxi 1).* Cony, Patxi, em pensava que eres en Patxi, perdona.
PATXI 1 *(molt histèric).* ¡Cagon sant Patxi!
PATXI 2. Tranqui, Patxi, ¿un patxaran?

AUTOBÚS MERDER

Un autobús ple de passatgers. Enmig de tots, una noia molt avorrida que, de sobte, crida.

NOIA. ¡Aaaah!
NOI. ¿Què passa?
NOIA. ¡Que aquest desgraciat m'ha tocat una teta!
CLAUDI. ¿Qui, jo?
NOIA. Sí, vostè... ¡No dissimuli!
CLAUDI. Jo no li he tocat res.
DONA. Segur que sí... Això està ple de malalts que aprofiten les hores punta per anar grapejant la gent.
CLAUDI. ¡Que jo no li he tocat res!
NOIA. ¡M'ha tocat la teta, imbècil!
NOI. ¿Quina? ¿La dreta? ¿L'esquerra?
NOIA. ¿I això què importa? ¿Tu també ets com ell?
CLAUDI. ¿Com qui? ¡Escolti, que jo no li he tocat cap teta, senyora!
NOIA. No té ni la vergonya d'admetre-ho. Els tipus com vostè em fan fàstic... ¿Em sent...? Fàstic.
CLAUDI. ¡Mesuri les paraules!
NOIA. ¡Aaaahhhh!
DONA. ¿Què passa ara?
NOIA. M'ha tocat el cul.
DONA. Desgraciat. ¿A sobre li toca el cul?
CLAUDI. ¡Jo no li he tocat el cul per res!
NOI. Tio... ¿com et passes, no?
CLAUDI. Serà possible. ¡Jo no li he tocat el cul!
NOIA. Miri... Perquè tinc pressa i haig de baixar... ¡Si no li foto una denúncia de cal Déu! Desgraciat.

La noia i la dona baixen.

DONA. ¡Pocavergonya! ¡Tocar-te els pits!
NOIA. No, si no m'ha tocat.
DONA. ¿No?
NOIA. No... ¡Què va! Jo, és que si no tinc cap revista per al viatge m'avorreixo...

CAIXER RIC

Dos «okupes» entren a un caixer per treure diners. L'Elyot sembla acostumat a aquestes operacions; l'Amèlia ho porta pitjor.

AMÈLIA. No sé ni com m'atreveixo a entrar aquí amb tu.
ELYOT. És un moment.
AMELIA *(fent la burla)*. El senyor Estalviador recollint una mica dels diners que donen menjar als taurons del capitalisme.
ELYOT. A mi em va bé, així no gasto tant.
AMÈLIA. Els diners podreixen i als rics se'ls torna la cara de *gilipolles*.
ELYOT *(mirant la pantalla)*. ¡No pot ser!
AMÈLIA. ¿Què?
ELYOT. S'han equivocat.
AMÈLIA. ¿Què passa?
ELYOT. Tinc un saldo de 330 milions de peles.
AMÈLIA *(passant)*. ¿Què és, la nòmina?
ELYOT. No, de debò, mira.

AMÈLIA. ¡Hòstia!

ELYOT. ¿Què faig?

AMÈLIA. ¿Que què fas? ¡Treure'ls abans que se n'adonin!

ELYOT. ¿Ara?

AMÈLIA. Esclar.

ELYOT. Aquestes màquines no tenen tant d'efectiu.

AMÈLIA. ¿Com ho saps? A més, és problema seu... Vinga, va...

ELYOT. ¿Tu saps el temps que s'hi pot passar aquesta màquina comptant bitllets?

AMÈLIA. ¿I què? No tenim pressa.

ELYOT. Hem quedat amb la Bet.

AMÈLIA. La Bet sempre arriba tard.

ELYOT. ¿I on els portaré? No tenim cap bossa.

AMÈLIA. Ja trobarem alguna cosa, tu vés traient, fot-li, va... Tancaré amb pestell.

ELYOT. ¿I hem d'anar amb tots aquests diners pel carrer? A veure si ens roben...

AMÈLIA. ¿Què ens han de robar? ¿Tu creus que fem pinta de portar 330 milions de pessetes?

ELYOT. No, perquè no els portem. Si els portéssim segur que se'ns notaria. Se't torna la cara de *gilipolles*, tu ho has dit.

AMÈLIA. No tots els rics són *gilipolles*.

ELYOT. ¡Vaja!

AMÈLIA. ¿Què passa? ¿Què passa?

ELYOT. No sé. S'ha penjat. Ara torna. ¡Vaja! Ja no tinc els 330 milions...

AMÈLIA. ¡Merda! ¡Merda! ¡Merda! Ho sabia, hem perdut el temps, hem perdut el temps... Era la nostra oportunitat, això passa un cop a la vida...

ELYOT. Ara tinc 1 100 milions.

AMÈLIA. Fas conya.

ELYOT. No. Mira.
AMÈLIA. Això és molt fort, tio, això és molt fort.
ELYOT. Ja comences a fer cara de *gilipolles*.

Un client truca a la porta. L'Amèlia es llença contra el vidre.

AMÈLIA. Està ocupat, no funciona, marxi... *(a l'Elyot)*. Això és molt fort. Això és molt fort. Això és càmera oculta. Ens estan fent la càmera oculta *(mira a la càmera de seguretat)*. Us hem clissat, burros, us hem clissat. ¿Us penseu que som idiotes o què? Vinga, treu, comença a treure...

La màquina torna a fer soroll.

AMÈLIA. ¿Què passa? ¿Què passa?
ELYOT. S'ha tornat a penjar. ¡Ja està! Ja no tinc 1 100 quilos.
AMÈLIA. ¿Quant tens ara?
ELYOT. El que tenia. 300 quilos.
AMÈLIA. ¿Tu tens 300 quilos al banc?
ELYOT. Sí...
AMÈLIA. ¿Des de quan?
ELYOT. No sé. Des de sempre.
AMÈLIA. Ja deia jo que feies cara de *gilipolles*. Tu no ets «okupa» ni res. Tu ets un infiltrat de merda. Un capitalista facinerós, un pringat venut al sistema *(pausa)*. ¿On anem a sopar?

¿ENS CONEIXEM?

Una ferreteria. Dos homes, carregats de material de bricolatge, es troben en un dels passadissos.

JOAN. ¡Ricard! ¿Com va, això? ¡Quant temps sense veure'ns!

ANTONIO. Ah, hola...

JOAN. ¿Què passa? ¿No te'n recordes, de mi, o què?

ANTONIO. Doncs, no...

JOAN. ¡Sí, home! Sóc el Joan. ¡De la universitat! ¿No te'n recordes?

ANTONIO. No... és que jo no em dic Ricard. Em dic Antonio...

JOAN. ¿Antonio?

ANTONIO. Però el cas és que tu em sones... Joan m'has dit, ¿oi?

JOAN. Sí...

ANTONIO. ¡Ah, esclar! ¡Joan Fernández! ¡Esclar que ens coneixem! ¡De la mili! ¡No t'havia conegut! ¡Què tal! ¿Com va tot? ¿Què passa? ¿No te'n recordes, de mi, o què?

JOAN. Doncs no.

ANTONIO. Sí, home. L'Antonio Riba, de Valldoriolf.

JOAN. Antonio Riba... No em sona... I jo no em dic Fernández. Em dic Grau.

ANTONIO. ¿Ah, sí?

JOAN. Però el cas és que la teva cara em segueix sonant moltíssim. ¡Ah, esclar! ¡Antonio Riba Rojas! ¡Esclar! ¡Esclar que ens coneixem, ens vam conèixer a Pamplona! Esclar...

ANTONIO. ¿Vols dir?

JOAN. ¡Sí, home! ¡¿Què passa, que no te'n recordes, de mi, o què?!

ANTONIO. No, és que jo, de segon, no em dic Rojas, em dic Serrano. I no he anat mai a Pamplona.

JOAN. ¡Ah, no! No em sona cap Serrano...

ANTONIO. Em sembla que no ens coneixem de res...

JOAN. Doncs és una llàstima, perquè ja t'havia agafat un cert carinyo...

ANTONIO. En fi. Doncs res. Fins una altra. Adéu.

JOAN. Adéu.

Marxa cadascú pel seu costat i, tot d'una, es tornen a trobar al passadís següent.

JOAN. ¡¡Antonio!! *(l'Antonio es gira)*. ¡¡Antonio!! ¡¿Com va, això?! ¡¡Quant poc temps sense veure'ns!!

ANTONIO. ???... Hola...

JOAN. ¿Què passa? ¿¡No te'n recordes, de mi, o què?!

ANTONIO. Doncs no.

JOAN. Sí, home. Tu ets l'Antonio Riba Rojas, ¿oi?

ANTONIO. Sí...

JOAN. Fa un moment ens hem conegut intentant descobrir si ens coneixíem o no. ¿¡No te'n recordes?! Sóc el Joan.

ANTONIO. Ah, sí, esclar. Joan Fernández, del passadís del costat, ¿no?

JOAN. ¡¡Exacte!!

ANTONIO. ¡¡Esclar que me'n recordo!! ¿Com va, això? ¿¡Què és de la teva vida?!

JOAN. Doncs, mira... Anar fent.

ANTONIO. ¿Què? ¿Anem a prendre alguna cosa?
JOAN. ¡I tant! *(marxen tots dos abraçats).* Òndia. Per tu no passa el temps, ¿eh? No has canviat gens.
ANTONIO *(marxant).* Tu tampoc...

Burocràcia

Guerra

Dos soldats, Alec i Mac, s'arrosseguen com poden de matoll en matoll. Semblen molt cansats i nerviosos.

Mac. No puc més.
Alec. Estem només a dos-cents metres de l'objectiu.
Mac. Estem rodejats, rodejats...
Alec. ¡Calla!
Mac. No ho aconseguirem mai.
Alec. Sí. Sí que ho aconseguirem. Vinga. Cobreix-me... Intentaré arribar fins aquella pedra...
Mac. No podràs.
Alec. Sí que podré, vinga...
Mac. No sé per què em vaig presentar voluntari.
Alec. Per promocionar-te, imbècil, com tots... ¡Vaig!

Alec surt del seu amagatall. Mac el mira acollonit. De cop, un soldat apareix del no-res, apunta amb la seva arma l'Alec i li fa PUM.

Guiness. ¡PUM!
Alec. ¡Merda!
Guiness. T'he matat.

ALEC. ¿Amb què?
GUINESS. He dit PUM, estàs mort.
ALEC. Estaria mort si m'haguessis disparat.
GUINESS. He fet PUM.
ALEC. ¿Pum? ¿Veus alguna taca vermella de pintura? No. Perquè no estic mort.
GUINESS. És que no em queden bales.

Mac, des del seu amagatall, segueix la jugada.

MAC. ¿Estàs bé?
ALEC. Gràcies per cobrir-me. M'acaben de disparar, per si no ho sabies.
GUINESS. ¿Ho veus com t'he disparat?
ALEC. No m'has disparat.
GUINESS. He fet PUM.
ALEC. Ningú dispara fent PUM. La gent dispara fent PAM o RATATATA, si es tracta d'una metralleta.

Mac arriba fins a ells.

MAC. PUM.
ALEC. ¿Què fas?
MAC. Matar-lo.
GUINESS. ¿En què quedem? ¿Val o no val fer PUM?
MAC. ¡Home! Si no et queden bales, és com matar cos a cos...
GUINESS. Llavors si jo estic mort, tu també estàs mort.

L'Alec, fart, es desespera.

ALEC. ¡Això és de bojos!

MAC. ¿Li has fet PUM?

GUINESS. Sí.

ALEC. És PAM. No val matar amb PUM. PUM podria ser qualsevol cosa. Una punxada. Trucar a la porta és PUM. *(ho fa)* ¡PUM PUM PUM!

El Mac i el Guines no semblen estar per les explicacions de l'Alec.

MAC *(a l'Alec).* ¿Què han dit que havíem de fer, els morts? ¿Quedar-nos al lloc o tornar a recepció?

ALEC. ¿Us heu tornat tots idiotes?

El Guiness canvia de to i agafa un posat d'home realment important.

GUINESS. Bé, prou. González, s'ha acabat, si no sap jugar, millor que deixi la guerra per a uns altres, que aquests *stages* per a executius són caríssims. A més, li recordo que està mort.

ALEC. No. Ni estic mort ni sé jugar a la merda aquesta de guerra per a executius.

MAC. ¡Va, home! Si només és un joc per treure agressivitat, estrès...

ALEC. ¿Ah, sí? Doncs a mi no em treu l'estrès de cap de les maneres...

GUINESS. ¡¡González!!

ALEC. I encara me'l treu menys pensar que estic perdent el cap de setmana jugant a «soldadets» amb els mateixos idiotes amb qui treballo tota la setmana mentre podria estar esquiant, fotent-me un vermut, follant o fent-ho tot alhora.

GUINESS. ¡¡González!!
ALEC. Estic de vosaltres i dels vostres PUMS fins als nassos...
GUINESS. ¡¡González!!

Alec González se n'adona, de la seva excitació, i comprèn que l'està cagant.

ALEC. Sí, perdó, perdó...
GUINESS. D'entrada, González, li recomanaria que parés de tractar-me de tu.
ALEC. Naturalment, senyor Dalmau.
GUINESS. Segon, que, amb PUM o sense PUM, es faci immediatament el mort.
ALEC. Sí, naturalment.

L'Alec es llança a terra sense contemplacions.

GUINESS. I tercer, que dilluns al matí a primera hora, passi pel meu despatx per parlar de tot això.
ALEC. Sí, senyor Dalmau...

Una bala de tinta impacta al clatell de Guiness. Apareix la Ivonne, del mateix exèrcit que el Mac i l'Alec.

IVONNE. ¡Ahà! T'he matat, pringat, ¡uuuuuhh! Mort, estàs mort...

El Guiness es gira. La Ivonne el descobreix i fa cara que se l'empassi la terra.

IVONNE. ¡Senyor Dalmau! Perdoni, no volia tocar-lo, perdó... De fet, la meva intenció era fer veure que era una bala de foguejament, intimidatòria.
GUINESS. PUM.

La Ivonne, sense pensar-s'ho dos cops, cau a terra.

PROTECCIÓ OFICIAL

Sona el timbre de la porta al rebedor dels Feliu. L'Adelaida Feliu obre la porta i es troba davant un funcionari que li ensenya un carnet oficial.

FUNCIONARI. Bon dia...
ADELAIDA. Bon dia.
FUNCIONARI. Sóc del departament que controla els pisos de protecció oficial...
ADELAIDA. ¡Ah! ¿Què ens faran, ara?
FUNCIONARI. Res. Pura rutina.

El funcionari treu un qüestionari que anirà omplint amb creus.

FUNCIONARI. ¿Tenen humitats?
ADELAIDA. Sí, esclar...
FUNCIONARI. Llavors m'imagino que també tenen el parquet bufat...
ADELAIDA. Sembla una pizza...
FUNCIONARI. La calefacció central no els funciona, suposo...

ADELAIDA. No ha funcionat mai.

FUNCIONARI. El porter electrònic tampoc, això ja ho he pogut comprovar jo... ¿Esquerdes?

ADELAIDA. Sí. Una al dormitori dels nens i una altra al menjador...

FUNCIONARI. ¿Aigua de color marró?

ADELAIDA. De tant en tant.

FUNCIONARI. ¿Encara senten els veïns?

ADELAIDA. Sí. Tot el dia. És insuportable...

Se sent la veu del veí cridant darrere la paret.

VEÍ *(off)*. I jo et sento a tu, xivata de merda.

ADELAIDA. ¡Calla, tu! *(al funcionari)*. Perdoni...

FUNCIONARI. ¿La llum també se'n va de tant en tant?

ADELAIDA. Jo diria que «torna» de tant en tant.

El funcionari signa el formulari i el fica a la seva carpeta.

FUNCIONARI. Molt bé. Doncs tot està correcte. Fins d'aquí a cinc anys. Adéu. Bon dia.

ADELAIDA. Adéu, adéu, passi-ho bé...

El funcionari se'n va. El veí torna a queixar-se.

VEÍ *(off)*. ¿Vols apujar la tele, que no sento res del que fan?

ADELAIDA. ¡Que callis!

ONG Consciència

La Pepa atén l'Ivan a la taula de la seva oficina.

Pepa. ¿I què l'ha fet apuntar-se a la nostra ONG?
Ivan. El món està tan malament... Guerres, fam...
Pepa. És increïble, sí.
Ivan. No puc ni dormir preguntant-me si jo hi podria fer alguna cosa... Per això he pres la decisió de contactar amb vostès.
Pepa. I ha fet molt bé. A veure, ¿quant temps lliure podria dedicar al voluntariat social?
Ivan. ¿Temps lliure? ¡Ui...! Entre la feina, el gimnàs, els amics, els nens, que em toquen cada cap de setmana...
Pepa. Ja ho veig... ¿I què me'n diu, de les aportacions monetàries? ¿Podria...?
Ivan. ¡¿Diners?! ¡Estic escurat! He de pagar les lletres del cotxe, la hipoteca, la pensió de la meva exdona...
Pepa. Esclar. Bé, el seu cas és clar. No té temps, ni diners... ¡Vostè no pot fer absolutament res per als altres!

L'Ivan rep la notícia il·lusionat.

Ivan. ¿Ho diu de debò?
Pepa. ¡Esclar! ¡Vostè és una bona persona, no en té cap culpa si els governs no fan res mentre el món va com va!
Ivan. ¡És veritat!
Pepa. ¡Ells són qui han d'arreglar la situació, no un ciu-

tadà com vostè que prou feina té amb els seus propis problemes!

IVAN. ¡Sí, senyora, molt ben dit!

PEPA. ¡Prou de mala consciència! ¡Vostè no té per què pagar els plats trencats de tota la humanitat! No és superman, ¿oi que no?

IVAN *(convençut)*. ¡I tant, que no!

PEPA. ¡Doncs ja està, home, vostè tranquil...! *(pausa)*. ¿Què? ¿Millor?

L'Ivan sembla un home nou, molt més relaxat i sense tants problemes de consciència.

IVAN. ¡Sí, molt millor!

S'aixequen. Darrere d'ells es veu un cartell amb el nom de la ONG: «ONG CONSCIÈNCIA NETA.»

PEPA. Me n'alegro. I ja ho sap, la nostra ONG «Consciència Neta» sempre tindrà les portes obertes per a vostè...

IVAN. Gràcies, gràcies...

L'Ivan s'aixeca, satisfet de si mateix, i marxa.

PEPA. ¡El següent...!

EXAMEN SINCER

La Teòfila entra a una aula d'universitat i entrega una papereta a una professora que no sembla massa motivada per examinar ningú.

TEÒFILA. Bon dia.
PROFESSORA. Hola... ¿De què t'examines?
TEÒFILA. De psicologia de quart.
PROFESSORA. Molt bé. ¿T'ho has preparat?
TEÒFILA. Sí. Aquest any m'hi he cremat les celles.
PROFESSORA. ¿Et consideres una persona sincera?
TEÒFILA *(descol·locada)*. ¿La sinceritat entrava?
PROFESSORA. No. És una pregunta personal. ¿Creus que ets sincera?
TEÒFILA. Eeeeh... Sí...
PROFESSORA. Molt bé. ¿Et saps tot allò dels noms que rep la psicoteràpia fenomenològica?
TEÒFILA. Sí.
PROFESSORA. ¿Amb totes les tècniques d'intervenció per a pautes no desitjables?
TEÒFILA. Sí...
PROFESSORA. ¿Saps la diferència entre egoisme i egocentrisme?
TEÒFILA. Sí. També.
PROFESSORA. Ara et «pillaré». ¿Saps fins a quin període evolutiu es produeix la mielinització de les neurones?
TEÒFILA *(pensant)*. ¿Fins a quin període evolutiu es produeix la mielinització de les neurones...?
PROFESSORA. Això mateix.

TEÒFILA. Sí... Sí que m'ho sé.
PROFESSORA. ¿Segur?
TEÒFILA. Segur, segur.
PROFESSORA. Mira que dir mentides és una cosa molt lletja.
TEÒFILA. Pot confiar en mi, tranquil·lament.
PROFESSORA. Molt bé. Aprovat.
TEÒFILA. ¿Només un aprovat?
PROFESSORA. Sí. ¿No ho trobes just?
TEÒFILA. Home, m'ho havia preparat molt bé.
PROFESSORA. Doncs, vinga, notable. El següent.

La Teòfila surt del despatx i s'encreua amb l'Àlvar.

ÀLVAR. ¿Què? ¿Com t'ha anat?
TEÒFILA. Bé, bé...
ÀLVAR. ¿Apreten?
TEÒFILA. Sí, molt. Aquest any hi van molt forts.

EXAMEN SEGURATA

Un taulell on un funcionari fa les seves tasques. Arriba un noi amb pinta de segurata i li entrega el DNI.

SEGURATA. Bona tarda, venia a treure'm el carnet de guàrdia de seguretat...
FUNCIONARI. ¿De botigues, bancs o discoteques?
SEGURATA. Discoteques.
FUNCIONARI *(agafant un formulari)*. Molt bé. Ha de passar uns exàmens culturals i psicotècnics.
SEGURATA. Sí, sí, estic preparat.

FUNCIONARI. ¿Pot aixecar un pes de 100 quilos?
SEGURATA. ¡Sí...!

El funcionari treu una cartolina amb la lletra E.

FUNCIONARI. Molt bé. ¿Quina lletra és aquesta?
SEGURATA *(no entén res).* ¿Ein?
FUNCIONARI. Molt bé. A la primera. La E. ¿Com s'ha de dirigir a un home?
SEGURATA. Sí... Aquesta me la sé... *(pensa).* ¡Ah, sí! «Perdone, caballero, pero no se puede pasar.»
FUNCIONARI. Molt bé.

El funcionari treu una vamba i una sabata.

FUNCIONARI. ¿Quina d'aquestes dues sabates és una sabatilla esportiva?
SEGURATA. ¿És una pregunta amb truc?
FUNCIONARI. No. Pensi...

El segurata pensa.

FUNCIONARI. Prengui's el seu temps.

El segurata assenyala la vamba.

SEGURATA. ¿Aquesta?
FUNCIONARI. No es precipiti, encara li queda temps.
SEGURATA. No, no... Aquesta, segur.
FUNCIONARI. Molt bé. Doncs tot està correcte.

Li fot un segell sobre el formulari i li dóna unes ulleres fosques.

FUNCIONARI. Aquí té el carnet de guàrdia de seguretat, i aquestes són les seves ulleres fosques. ¡Apa! Corri, vagi a fer una mica de flexions...

El segurata, contentíssim, es fot les ulleres i surt.

SEGURATA. Gràcies...

ECO ESPATLLAT

Un home arriba a un promontori des d'on s'albira una vall. Hi ha un cartell on posa: «ECO» i just al costat, un operari llegint una revista. L'home prova l'eco.

HOME. Holaaaaaa.
OPERARI. Holaaaaaa.
HOME. Balabimbambú-úuu.
OPERARI. Balabimbambú-uuuu.

L'home es mira, estranyat, l'operari.

HOME. Ha estat vostè.
OPERARI. ¿El què?
HOME. És vostè, no pas l'eco.
OPERARI. Sí, sí... és que s'ha espatllat...
HOME. ¿Com, que s'ha espatllat?
OPERARI. Sí, no funciona... no sabem si són els corrents d'aire o la boira, però no ressona... Però no es preocupi, que el servei continua... faci, faci...

L'home, una mica contrariat, no sap què fer. Es decideix a continuar.

HOME. Yujuuuuu.
OPERARI. Yujuuuuu.
HOME. ¡Burrooooo!
OPERARI. ¡Burrooooo!
HOME. ¿M'ha dit burro?
OPERARI. És el que vostè ha dit.
HOME. Sí, però és molt diferent que un eco et respongui que no pas que ho faci una persona a qui no conec de res... ¿M'entén? Si vol bronca, la trobarà...
OPERARI. La trobarà... la trobarà... la trobarà...
HOME. ¿M'està prenent el pèl?
OPERARI. Pèl... pèl... pèl... pèl... *(veient la cara de l'home)*. Perdoni.
HOME. ¡Burrooooo!

L'eco no contesta. L'home ho torna a intentar.

HOME. ¡Burrooooo!
HOME. Això no funciona.
OPERARI. ¡Ja l'hi he dit!

L'home se'n va emprenyat.

HOME. ¡Quina merda d'eco!

La feina és el primer

Una oficina plena de taules. A cada taula, un ordinador i un telèfon. Els tres empleats que hi ha, però, estan drets consolant-se entre ells mateixos.

MARGA. ¡La meva vida és una merda, una merda seca!
SUSA. ¡De cap manera, no és veritat!
CEFE. ¡T'equivoques, no saps el que et dius!
SUSA *(a la Marga).* ¿Ho veus? El Cefe està d'acord amb mi.
CEFE. ¡No, no hi estic d'acord! ¡Si la vida d'algú és una merda, és la meva!
MARGA. ¿Però què dius?
CEFE. ¡El que sents! ¡No ho aguanto més!

El Cefe va cap a la finestra, l'obre i s'hi vol llançar. La Susa intenta evitar-ho.

SUSA. ¿Però què vols fer?
CEFE. ¡Penso llançar-me al buit i no podràs impedir-ho!
SUSA. ¿Ets boig?
CEFE. ¡Em llanço!
MARGA. ¡No et matis, no hi tens cap dret!
SUSA. ¡Així es parla, Marga!

La Marga treu el Cefe de la finestra per pujar ella.

MARGA. ¡Si algú s'ha de llançar per la finestra sóc jo, que ho he dit la primera!

Els tres lluiten, la Marga i el Cefe per llançar-se i la Susa per evitar-ho.

CEFE. ¡No pots colar-te, la meva vida és més merdosa que la teva!
MARGA. ¡Ets un mentider, la meva és més merdosa!
SUSA. ¡No digueu ximpleries, hi ha molts motius per viure!
MARGA. ¿Ah, sí? Digue'ns-en un.
SUSA. Doncs, a veure... Moolts... diguem que... Ara mateix, potser, si de cas, jo...
CEFE/MARGA. ¡No ho suporto, em llanço...!

Tornen a lluitar per ser el primer a llançar-se per la finestra, quan sona el telèfon. Tots tres es queden mirant l'aparell que sona.

SUSA. ¡El telèfon! ¡Això és un motiu per viure, el telèfon, la nostra feina!
CEFE. ¡Però si la fem gratis!
SUSA. ¡I la feu molt bé!
MARGA. Potser tens raó...
SUSA. ¡Esclar que tinc raó, vinga, agafeu el telèfon!

El Cefe es calma i agafa el telèfon.

CEFE. Has trucat al telèfon d'ajuda al suïcida, t'atén el Cefe Pomer... ¡¡No, no ho facis...!!

Obres a l'estiu

Tres executius esperen nerviosos al voltant d'una taula de reunions. Entra un alt executiu amb gavardina, ulleres fosques, barret i amb un plànol amagat a la gavardina. És més que evident que vol passar desapercebut. Els executius s'aixequen servils.

Alt executiu. Tanquin les finestres.

L'executiu 2 tanca les finestres i torna a la taula.

Alt Executiu. Bé, suposo que no cal que els recordi que aquesta reunió d'obres públiques és estrictament confidencial, i que si em preguntessin per ella, jo ho negaria tot.

Executiu 1. Però, senyor alcalde...

Alt executiu. Calli, fora noms, no vull sentir cap nom. A partir d'ara, jo seré el senyor negre, vostè serà el senyor blau, vostè el senyor groc i vostè el senyor verd... Els he reunit aquí per parlar de les obres al carrer per a aquest estiu.

L'alcalde estén un gran plànol sobre la taula. Observen que al plànol hi ha molts punts negres.

Alt executiu. Aquest és el plànol de les properes actuacions que farem a les vies públiques. Memoritzin-lo perquè serà destruït després d'aquesta reunió.

Els executius fan cares de pànic.

EXECUTIU 1. Déu meu, asfaltem tota la Gran Via...
ALT EXECUTIU. Sí, i d'una vegada, tots els carrils.
EXECUTIU 2. ¿I fem un altre túnel?
ALT EXECUTIU. Efectivament.
EXECUTIU 2. ¡Déu meu...!
EXECUTIU 3. I dues places dures més...
ALT EXECUTIU. Sí... Que tinguin molta sort. I si algú de vostès fos capturat per la ciutadania... ja ho saben, morir abans que trair. ¿Entesos?

Tots ajunten les mans com els mosqueters.

TOTS. Un per tots, tots per un...

Sona un telèfon.

EXECUTIU 3 *(l'agafa)*. ¡Han arribat periodistes!
ALT EXECUTIU. Ràpid, hi ha un passadís secret darrere la llibreria.

S'aixequen i surten corrents.

Bon rotllo

Autobús en hora punta. Ambient fred de gent que va a treballar. La Laia, molt somrient i vestida amb una jaqueta vermella, avança com buscant algú. S'acosta a l'Albert, que llegeix el diari amb una mà agafada a la barra.

Laia. Bon dia.

L'Albert la mira i no contesta.

Laia. Bon dia...

L'Albert la mira i no contesta.

Laia. ¿No tenim un bon dia, potser, oi que no?

L'Albert la mira i no contesta. La Laia no perd la simpatia.

Laia. La veritat és que hi ha dies que no ve de gust fer res; ni, per descomptat, anar a treballar.
Albert. Sí...
Laia. Però, en fi, d'alguna cosa hem de viure. ¿O no?
Albert. ¿Ens coneixem?
Laia. Encara no. Laia. ¿I tu?
Albert. Albert.
Laia. Albert. ¿Saps que ets molt atractiu?
Albert. ¿¿¿Què???

LAIA. No. No em malinterpretis, em refereixo que destaques, brilles, es nota que tens personalitat, aura...
ALBERT. ¿Jo?
LAIA. Sí...

L'Albert, mosca, li mira la identificació de la jaqueta.

ALBERT. ¿D'on surts?
LAIA. Treballo per l'ajuntament, al Departament del Foment del Bon Rotllo.
ALBERT. ¿Foment del...?
LAIA. Del Bon Rotllo. No el coneixes, perquè és un departament nou i encara estem de proves...
ALBERT. ¿I... què feu?
LAIA. Doncs, creem bon rotllo. Et queda molt bé aquesta jaqueta.
ALBERT. Gràcies. ¿Bon rotllo?
LAIA. Sí. Han descobert que la vida ciutadana es crispava per moments i al consistori se li ha acudit crear el Foment del Bon Rotllo per alliberar tensions...
ALBERT. ¿Quines tensions?
LAIA. No sé... ¡Tensions! ¿No els veus, quina cara fan?

Efectivament, la resta de passatgers fan cara de pomes agres.

ALBERT. ¿Però... per què jo?
LAIA. Perquè a tu t'he vist molt agobiat, molt trist, molt acabat...
ALBERT. ¿Jo?
LAIA. ¡Abans! Ara ja fas més bona cara, més despert, més interessat per la vida... Ara podràs arribar a la feina i

dir: «¿No diríeu mai què m'ha passat? ¡M'ha sortit un somriure a la cara!»

ALBERT. Potser sí, que tens raó...

La Laia s'adreça a tothom i la miren amb reticència.

LAIA *(a tothom)*. ¡Senyors, senyores! Prou d'anar per la vida amb aquestes cares... ¿Què us costa somriure una mica? Us veieu cada dia i no sou capaços de dir-vos ni una paraula... Un «bon dia», un «com està vostè»... *(a un passatger)*. Tu, per exemple, segur que has vist abans aquesta dona.

MICHAEL. *I'm sorry. I come from England. ¿Do you know the stop for Sagrada Familia?*

LAIA. Bé. Tu, no. Un altre. Tu... Bé que veus aquesta noia gairebé cada dia...

El Jeremies mira desconfiadament la Laia i la noia en qüestió.

JEREMIES. Sí...

LAIA. ¿I no ets capaç de dir-li un «avui estàs més maca que maca»?

JEREMIES. Això seria assetjament sexual.

LAIA. ¡Ximpleries! Una cosa és assetjament sexual i una altra ser galant. Els homes esteu perdent la galanteria. La vida són quatre dies i no podeu creuar-la amb una ganyota patètica a la cara.

Els viatgers comencen a ser víctimes de l'optimisme de la Laia.

TOTHOM *(adlib).* Té raó...
LAIA. ¡Gaudim de la vida! ¡Somriem!
TOTHOM *(adlib).* Té raó...
LAIA. ¿No us heu fixat que ja ningú no canta pel carrer? Abans als patis dels veïns sempre es podia sentir algú que cantava. ¿Què ens està passant?
TOTHOM *(adlib).* Té raó...
LAIA. Ara ens obliguen a cantar a karaokes, tancats, com si fóssim delinqüents... i a sobre pagant...
TOTHOM *(adlib).* Te raó...
LAIA. ¿La sabeu, aquella de «Viva la gente...»? Vinga tots...
TOTHOM. «La hay por doquiera que vas... Viva la gente, es lo que nos gusta más...»

L'autobús segueix circulant al ritme de les veus dels passatgers.

BON ROTLLO II

Mateixa situació, una setmana més tard. A l'autobús de l'Albert tothom canta molt engrescat; l'Albert més animat que ningú. La Laia torna a sortir del fons de l'autobús. Aquest cop, però, sembla molt emprenyada.

TOTS. ¡Viva la gente!
LAIA. ¿No us fa vergonya, tots aquí, cantant?

La gent la mira estranyada.

LAIA. Ja són prou grans. ¿No creuen?

ALBERT. ¿Què?

LAIA. Van a la feina, a treballar, el mínim que es pot demanar es que vagin concentrats.

ALBERT *(intentant ser simpàtic)*. Ens estem distendint. Ens coneixem, ens relacionem. Són importants les relacions humanes....

LAIA. Si volen relacionar-se, facin servir l'internet, que per a això hi és.

ALBERT. Perdona... ¿Tu no ets la Laia?

LAIA. Sí, ¿què passa?

ALBERT. ¿La Laia del Departament del Foment del Bon Rotllo?

LAIA. Ja no. Ara sóc del Departament del Foment del Mal Rotllo.

ALBERT. ¿Mal rotllo?

LAIA. Sí, no el coneix perquè és un departament nou i encara estem de proves.

ALBERT. ¿També és de l'ajuntament?

LAIA. Sí, esclar.

ALBERT. ¿I del Departament del Bon Rotllo, què se n'ha fet?

LAIA. Res. Era una bona idea, però se'ns en va anar de les mans... La gent era massa feliç, tothom somrient, tothom cantant, obrint-se les portes els uns als altres, deixant-se els seients... Això ja no era una ciutat de negocis, semblava pitufolàndia *(als passatgers)*. ¿I vostès què miren? *(a l'Albert)*. A propòsit, fas una cara que fa fàstic. Per no parlar de l'alè.

La Laia se'n va dient poca-soltades. L'Albert, deprimit com mai, s'olora l'alè.

EMPRENYAT

Una cua de gent davant un taulell. Una dona s'acosta a la funcionària.

DONA. Hola...

DONA TAULELL *(emprenyada)*. ¿Què passa?

DONA. Volia informació sobre la seva associació.

DONA TAULELL *(més emprenyada)*. ¿I per què vol informació? ¿No té res millor a fer o què?

DONA. Jo només volia saber les quotes...

DONA TAULELL. ¿Quotes? ¿Ara vol que li digui les quotes? ¿Què es pensa? ¿Que puc perdre el temps amb aquestes ximpleries?

DONA. No... No sé... Era senzillament per estar orientada en...

DONA TAULELL. ¡Si vol orientar-se compri's una brúixola i no emprenyi, coi!

La dona se'n va acollonida. El següent de la cua va al taulell.

DONA TAULELL. ¿I vostè què vol?

HOME *(emprenyat)*. ¡Volia inscriure'm a aquesta associació de merda!

DONA TAULELL. ¿Per què no va a emprenyar a un altre lloc, desgraciat?

HOME. Perquè no em passa pels collons.

DONA TAULELL. Miri, a mi no em vacil·li.

HOME. Jo faig el que em dóna la gana i em vull inscriure en aquesta associació.

DONA TAULELL. S'hi inscriurà només si és que em surt dels ovaris, ¿m'entén?

HOME. M'hi inscriu com em dic Ramon... ¿On és el paper de la sol·licitud?

DONA TAULELL. Si el vol se'l busca vostè mateix. ¡No estic per perdre el temps amb collonades!

HOME. Miri que si continua així li trenco la cara...

DONA TAULELL. ¡Malparit! ¿S'atreviria a pegar a una dona?

HOME. A una donota, deu voler dir, una estúpida i vulgar donota amb un cervell de mosquit... Me cago en tot i en totes les seves maleïdes...

La funcionària el mira per uns moments com estudiant-lo. Finalment somriu satisfeta i li dóna un full d'inscripció.

Descobrim un rètol que diu: «ASSOCIACIÓ DE GENT EMPRENYADA.»

DONA TAULELL *(simpàtica)*. D'acord... Està bé... Sembla que pot ser un bon soci. El taló faci'l a nom de l'Associació de Gent Emprenyada.

HOME. ¡La mare que us va parir! ¿I el segon cognom per què collons el voleu? ¡No n'heu de fer res!

DONA TAULELL *(emprenyada un altre cop)*. ¡Apunti i calli, desgraciat!

Televisió

Des d'on truca?

Un típic concurs de televisió on la presentadora rep trucades de la gent que és a casa.

Presentadora. I passem a la següent trucada... ¿Hola?
Marta. Hola...
Presentadora. Hola... ¿Amb qui parlo?
Marta. Amb la Marta.
Presentadora. Amb la Marta... ¿Des d'on truques?
Marta. ¿Per què vols saber-ho?
Presentadora. Home... Ho preguntem sempre...
Marta. Sí, ja ho sé, també repetiu sempre el nom, però ¿per què voleu saber-ho?
Presentadora. ¿Que repetim què?
Marta. El nom. «Amb qui parlo-Amb la Marta-Amb la Marta...»
Presentadora. Són coses inconscients... ¿Des d'on truques, llavors?
Marta. D'Alella.
Presentadora. D'Alella, molt bé.
Marta. Ho ha tornat a fer.
Presentadora. ¿Què?
Marta. Repetir. Jo dic una cosa i tu la repeteixes. ¿Que no se m'entén bé, a mi?

PRESENTADORA. No, sí... Bé. Anem a la primera pregunta. ¿Quina casella tries?
MARTA. La A.
PRESENTADORA. La... *(para abans de repetir).* Molt bé.

La casella gira i surt el número 100 000.

PRESENTADORA. Cent mil pessetones, Marta.
MARTA. Gràcies... Escolta, t'he enganyat...
PRESENTADORA. ¿No volies la casella A?
MARTA. No. No sóc d'Alella.
PRESENTADORA. Vaja. ¿D'on ets, doncs?
MARTA. De Valldoriolf...
PRESENTADORA. Valld... Una població molt maca... ¿Què fas, Marta? ¿Et plantes o segueixes?
MARTA. Saps què... Tampoc no truco de Valldoriolf.
PRESENTADORA. ¿Ah, no?
MARTA. No. Truco de Sort.
PRESENTADORA. Sort. Molt maco, Sort.
MARTA. Ho has tornat a repetir. Has dit Sort.
PRESENTADORA. Bé, tant se val si he dit Sort o no.
MARTA. Veus com no importa des d'on es truca... ¿Per què ho feu? ¿Per omplir temps?
PRESENTADORA *(fent veure que no ho sent).* Ho sento, Marta, però no et sento bé...
MARTA. Sí, que em sents, sí.
PRESENTADORA. Em sembla que perdem la comunicació...
MARTA. Sembleu lloros repetint tot el que us diuen...
PRESENTADORA. ¿Marta? ¿Marta?
MARTA. Escolta, a mi no em deixis penjada...
PRESENTADORA. ¿Marta? ¿Marta? Quina llàstima, bé, Mar-

ta d'Alella, o de Valldoriolf, o de Sort... Un altre dia serà... ¿Hi ha més trucades?

CONCURSANT 2 *(una vella).* Hola.

PRESENTADORA. Hola. ¿Amb qui parlo?

CONCURSANT 2. Amb l'Eulàlia.

PRESENTADORA. Amb l'Eulàlia... ¿Des d'on truca?

CONCURSANT 2. Escolta, és veritat això que deia la Marta. ¿Per què voleu saber d'on truquem?

La presentadora tira les cartolines desesperada i deixa el plató.

SUÏCIDI TV

Veiem un presentador en un plató de televisió. Al costat seu hi ha un convidat.

PRESENTADOR. I presentem un nou convidat. Es tracta de l'Aureli Planoles. Bona nit, Aureli.

AURELI. Bona nit.

PRESENTADOR. L'Aureli acaba de tenir un desengany amorós, l'han acomiadat de la feina i té una úlcera incipient... En fi, que és un desastre d'ésser humà.

L'Aureli va assentint amb el cap.

PRESENTADOR. El cas és que l'Aureli ja no pot fer front a aquesta situació insuportable, i ha vingut a suïcidar-se en directe. ¿No és així, Aureli?

AURELI. Efectivament.

PRESENTADOR. ¿I quin és el mètode que utilitzaràs, Aureli?

AURELI. Home, com a la televisió el temps és or, doncs jo havia pensat fotre'm un tret al cap i acabar en un plis plas.

PRESENTADOR. Pistola, molt bé. Que entri la nostra hostessa Maria...

Aplaudiments. Entra la Maria i ofereix una safata amb tres pistoles. L'Aureli en tria una, mentre mira la Maria amb molt d'interès.

PRESENTADOR. Molt bé, Aureli... si ens fas el favor...

L'Aureli mira cap al lloc d'on ha sortit l'hostessa i somriu.

PRESENTADOR. Aureli... que no tenim tota la nit.

AURELI. Sí... Ja, és que...

PRESENTADOR. ¿Què?

AURELI. No, és que he vist la Maria i...

PRESENTADOR. ¿I?

AURELI. No sé, m'han vingut com ganes de viure... Potser he pres una decisió massa precipitada...

PRESENTADOR. Potser, però aquest no és el tema... Endavant, Aureli, quan vulguis...

AURELI. És que em sembla que ja no em vull suïcidar.

PRESENTADOR. Mira, escolta. T'hem pagat una pasta per fer-ho.

AURELI. Sí, ja, però...

PRESENTADOR. A més, la Maria té nòvio i no hi sortiria mai, amb un inútil com tu.

AURELI. Ja, però... No ho sé... M'agradaria intentar-ho un altre cop, amb ella *(deixa la pistola).* Que no, que no ho faig.

El presentador no sembla disposat a acceptar que l'Aureli refaci la seva vida.

PRESENTADOR. Mira imbècil, tota la setmana que anunciem el teu suïcidi. ¡¡¡Així que agafa la maleïda pistola i fote't un tret!!!

AURELI. Que no... ¡Maria! ¡Maria!

L'Aureli comença a aixecar-se per marxar. El presentador agafa la pistola i li fot un tret. L'Aureli cau mort.

PRESENTADOR. ¡Ja està! ¡Collons!... *(a càmera)* Disculpin, la nostra intenció era oferir-los un suïcidi i no un homicidi, però bé, són coses del directe... Fem una pausa i tornem de seguida al seu programa favorit: «La vida és una merda.» Fins ara.

VIOLÈNCIA INTEL·LECTUAL

Davant d'un museu on s'exhibeix una mostra de Dalí, un grup d'ultres es manifesten amb pancartes que diuen: «Viva Picasso.»

ULTRES. ¡Fora Dalí. Visca Picasso! ¡Fora Dalí. Visca Picasso!

Una reportera —Adriana Puntí— entra en quadre adreçant-se a càmera.

ADRIANA. Ens trobem a les portes d'una exposició antològica de Dalí, que està patint un atac del Comando Picasso. Tenim amb nosaltres la seva líder. Bon dia.

LÍDER ULTRA. ¿Què passa?

REPORTERA. ¿Per què... per què ho feu, tot això?

LÍDER ULTRA. Perquè tots els pintors són uns farsants i el Dalí aquest més que ningú... A més, la culpa és dels «boixos dalinians» que l'altre dia van atacar la seu del carrer Montcada. Si volen guerra, tindran guerra.

La líder anima els seus seguidors, que tornen a cridar les consignes.

ULTRES *(cantant)*. Dalí es crema, es crema Dalí... Dalí es crema, es crema Dalí...

L'Adriana es desplaça entre els ultres fins a arribar davant un comandant de les forces especials.

ADRIANA. Ja ho veuen, de moment els anomenats «boixos dalinians» encara no han plantat cara, però les forces de seguretat ja han desplegat el seu sistema operatiu *(al comandant)*. Agustí Molins, comandant de les forces antiavalots intel·lectuals... ¿Què en pensa, vostè, del vandalisme cultural?

COMANDANT. Que és francament vergonyós que quatre eixelebrats, perquè són quatre, estiguin comprometent la vida cultural de la ciutat...

ADRIANA. Bé, sembla que ja no estem parlant de cultura, hi ha alguna cosa més darrere de tot això...

COMANDANT. Sí... Li diré una cosa, jo abans anava a l'òpera regularment, de paisà, però ara em fa por. Perquè aquests bojos es posen a l'amfiteatre del fons sud i comencen a encendre bengales i...

Comencen a caure llibres sobre ells. El comandant la protegeix i comença a tocar el xiulet demanant reforços.

COMANDANT. Vigili, que ja comencen a llençar llibres.

ULTRES *(off)*. ¡Fora Dalí. Visca Picasso! ¡Fora Dalí. Visca Picasso!

ADRIANA. I això és tot de moment, si es produís alguna novetat tornaríem a connectar. Adriana Puntí, «Dinamita», TV3.

ENTREVISTA FUTURÒLEG

En un programa d'entrevistes, la presentadora s'adreça a un futuròleg.

ENTREVISTADORA. Avui tenim amb tots nosaltres un dels futuròlegs més prestigiosos del nostre país. Sergi Bosch. Bona tarda.

FUTURÒLEG. Fa vint-i-quatre anys, exactament.

L'entrevistadora no entén gaire la resposta, però segueix preguntant.

ENTREVISTADORA. ¿Quants anys fa que es dedica a predir el futur, senyor Bosch?
FUTURÒLEG. El meu pare.
ENTREVISTADORA. Ahà... ¿i ens pot dir qui el va animar a dedicar-se a això?
FUTURÒLEG. No puc revelar el nom dels meus clients, entengui-ho.
ENTREVISTADORA. Està bé... ¿I té algun client famós del qual pugui revelar el nom?
FUTURÒLEG. Caurà un focus d'aquí a poc.

L'entrevistadora comença a estar molt mosca.

ENTREVISTADORA. ¿Podria demostrar els seus poders i dir-nos alguna cosa que passarà?

Cau un focus sobre la taula del plató. L'entrevistadora té un esglai. El futuròleg, impertèrrit, continua responent.

FUTURÒLEG. «Els poders mentals en vint-i-cinc lliçons.»
ENTREVISTADORA. Vostè acaba de publicar un llibre... ¿Ens en pot dir el títol?
FUTURÒLEG. Jo no li aixafo res, senyora... ¿Sóc futuròleg, recorda?

L'entrevistadora ja no pot més i explota.

ENTREVISTADORA. Escolti... Vostè m'està aixafant l'entrevista... Em respon abans que jo li pregunti.
FUTURÒLEG. ¡Respecti vostè la meva!
ENTREVISTADORA. ¡Una mica de tacte! Respecti la meva professió.

FUTURÒLEG. ¡Ja me'n vaig jo! ¡Adéu!

El futuròleg, molt ofès, se'n va.

ENTREVISTADORA. ¡Si continua així, l'hauré de fer fora! ¿Escolti...?

L'entrevistadora mira a càmera atabalada i fa un somriure desmaiat.

DEBAT SEXUAL

Debat nocturn a la televisió. Tots els convidats semblen molt exaltats excepte en Joan Pau, que intenta mantenir la calma enmig de la cridòria general.

MODERADORA *(impassible).* ¿Vostè què opina sobre les peticions de dimissió? ¿És de fiar un ministre que porta roba interior femenina pagada amb fons públics per tenir relacions amb una periodista?

JOAN PAU *(molt prudent).* Bé, són fets delicats que s'haurien d'analitzar amb cautela i moderació...

MARISOL *(saltant).* ¡Però quina moderació ni quines hòsties! ¡Si està claríssim! ¡Que dimiteixi ara mateix!

ARNAU *(molt indignat).* ¡Però què diu! Això seu és corporativisme, senyora meva.

MARISOL *(cridant).* ¡Dimissió! ¡Hauria de dimitir i, a més a més, li haurien de tallar les pilotes!

ARNAU. ¿Què diu?

MARISOL. ¡Aquest tio és simplement un porc que va abusar de la seva posició!

ARNAU *(colpejant la taula)*. ¡Au, vinga! ¡La que va abusar de la posició «horitzontal» és aquesta periodista, si se li pot dir així, que només busca autopromocionar-se! ¡Si s'ha guanyat la vida ensenyant les tetes a les revistes! ¡Meuca! ¡Això és el que és!

El Joan Pau, acollonit, s'ho mira tot sense atrevir-se a ficar cullerada.

MARISOL *(molt agressiva a l'Arnau)*. ¡I què, si ensenya les tetes a les revistes! ¿No són seves? Doncs que les ensenyi.

ARNAU. ¡Bah!

MARISOL. ¡Tothom té dret a ensenyar les tetes!

ARNAU. ¡Bah!

MARISOL. Si em dóna la gana, ensenyo les meves aquí ara mateix.

ARNAU. ¡Bah!

MARISOL. ¿Ah, no?

Marisol s'aixeca i fa el gest de treure's els pits. La moderadora, divertida, sense perdre el somriure, la convida a asseure's.

MODERADORA. Sisplau, Marisol, aquest no és el tema.

ARNAU. ¡I tant que és el tema! ¡Totes les ties són unes escalfabraguetes!

La Marisol s'aixeca desafiant l'Arnau.

MARISOL. I tu un tita freda.

ARNAU. ¡Escalfabraguetes!

MARISOL. ¿Què? ¿Vols tocar-me les mamelles? ¿Oi que sí? Reprimit.

ARNAU *(gratant-se el paquet)*. ¿Jo reprimit? Ja t'agradaria a tu que t'ensenyés algunes coses...

MARISOL *(dreta, al mig del plató)*. ¿Tu a mi? ¡Ja! Jo ja estic molt ben servida, tita freda.

El Joan Pau no sap on fotre's.

MODERADORA *(al Joan Pau)*. ¿I vostè, que no diu res... ¿què n'opina, de tot això...?

JOAN PAU *(intentant ser conciliador)*. Bé, jo crec, és la meva opinió, que no és prudent interpretar a la lleugera, uns fets sense demostrar. El seny, aquesta eina vital del caràcter català, hauria...

MODERADORA *(tallant, molesta)*. Perdoni, perdoni, però ja l'hi he dit abans. Si segueix insistint a moderar el seu to i actitud em veuré obligada a expulsar-lo del debat.

JOAN PAU. Jo...

MODERADORA *(cabrejant-se)*. Li recordo que el nostre públic es mereix un respecte.

El públic aplaudeix.

JOAN PAU *(avergonyit)*. Perdoni... jo... Només volia...

ARNAU *(amb gest despectiu)*. ¿Però què s'ha cregut, aquest pallasso?

Marisol agafa un gerro de flors i el buida sobre el Joan Pau.

MARISOL. ¡Feixista!

El Joan Pau queda avergonyit, davant l'escridassada general del públic assistent.

ENTREVISTA. L'AMNÈSIC

Plató d'entrevistes. El senyor Sans, enfonsat, parla del tema del dia. El presentador, també molt preocupat, assenteix a tot el que diu el seu entrevistat.

SR. SANS. No me'n recordo de res. De res. Però ja no li dic de coses complicades del tipus, allò que ens feien aprendre del reis *godos*: Ataulfo, Sigerico, Walia, Teodorico, Turismundo, Teodorico II, Eurico, Alarico... fins a arribar a Rodrigo passant per Chindasvinto i Recesvinto, esclar...

PRESENTADOR. És *tremendo*...

SR. SANS. Tampoc no em recordo de coses senzilles com, no sé, per exemple, el codi de circulació que tan vital és per circular, precisament... ¿Oi que m'entén?

PRESENTADOR. I tant...

SR. SANS. Ara mateix, si em preguntés si sé de què va l'article 98, capítol X, secció primera, no sabria dir-li que tracta que tots el vehicles que circulin entre la posta i la sortida del sol o, a qualsevol hora, dins dels túnels han de portar l'enllumenat corresponent encès...

PRESENTADOR. És terrible...

SR. SANS. O el futbol, per exemple. A mi m'encanta el futbol. ¿Creu que no m'agradaria recordar-me que l'alineació que va guanyar la copa d'Europa era Zubizarreta, Ferrer, Alexanco, Nadal, Juan Carlos, Guardiola, Baquero, Amor, Goicoechea, Txiqui Beriguistain, Laudrup i, esclar, el que va marcar el gol al minut 98, Koeman...

PRESENTADOR. Espantós... Senyor Sans, espantós.

SR. SANS. Sí.

PRESENTADOR. I amb aquest testimoni, cru testimoni, finalitzem aquest especial sobre «L'amnèsia». Una malaltia més comuna del que sembla i sobre la qual tothom hauria de prendre més consciència. Bona nit.

Comença a sonar la música de la careta.

SR. SANS *(plorós).* No me'n recordo de res.

El presentador li posa una mà compassiva sobre l'esquena.

ENTREVISTA. L'IDIOMA

Som al plató d'entrevistes d'una cadena de televisió. La presentadora enceta el programa.

PRESENTADORA. ...Avui tenim David Valls, un lingüista que ha creat un idioma nou, el «graell». Bona tarda, senyor Valls...

DAVID VALLS. Bona tarda...

PRESENTADORA. Segons ha afirmat en altres mitjans de comunicació, el graell, diu vostè, és un idioma en constant evolució.

DAVID VALLS. Efectivament. El graell és un idioma molt ric perquè evoluciona a una velocitat increïble. Per exemple, «bon dia» es diu «var mebala».

PRESENTADORA. Ahà... «Var mebala.» ¿Ho dic bé?

DAVID VALLS. No gens.

La presentadora intenta encertar la pronunciació correcta.

PRESENTADORA. «Var mebala.» «Var me-ba-la.»

DAVID VALLS. No cal que s'esforci, perquè «var mebala» ja no vol dir res, ha quedat obsolet.

PRESENTADORA. ¿No vol dir «bon dia»?

DAVID VALLS. No, és el que li deia, el graell és un idioma que evoluciona molt ràpidament. Ara, «bon dia» es diu «gui sambodo».

PRESENTADORA. ¡Increïble! Això vol dir que «gui sambodo» en aquests moments... *(es mira el rellotge).* Ja no deu voler dir «bon dia».

DAVID VALLS. Bé, sí que ho vol dir. És un idioma ràpid, però tampoc tant.

PRESENTADORA. Curiós... Però això significa haver de reciclar-se constantment...

DAVID VALLS. Efectivament, però per altra banda significa que es tracta d'un idioma que no morirà perquè no es queda estancat. I, si no, miri el llatí. No va evolucionar i ja és una llengua morta.

PRESENTADORA. Però el que no acabo d'entendre és... Si el graell evoluciona tan ràpidament, ¿com sé jo que una paraula ha canviat? Si jo li dic «gui sambodo», ¿com sé que encara és vigent?

DAVID VALLS *(molt alterat)*. ¡Perdoni però el «gui sambodo» ho serà son pare!

PRESENTADORA. ¿Com diu?

DAVID VALLS. «Gui sambodo» vol dir «desgraciat de merda» en graell.

PRESENTADORA *(estranyada)*. ¿Però que no volia dir «bon dia»?

DAVID VALLS. Això era fa uns moments, però ja ha canviat. Així que retiri-ho, sisplau.

PRESENTADORA. Està bé, està bé... Ho retiro. És increïble la rapidesa amb què evoluciona aquest idioma.

DAVID VALLS. Ja ho pot ben dir. Si fa una frase molt llarga, quan acaba és quasi segur que ha de tornar a començar perquè les primeres paraules ja han canviat.

PRESENTADORA. ¿I vostè creu que aquest idioma triomfarà?

DAVID VALLS. Ho ha de fer. Un idioma com més ric, més viu està, i aquest... Més riquesa de vocabulari imposible.

PRESENTADORA. Per cert, ¿com es diu «bon dia» en aquests moments?

DAVID VALLS. Esperi que l'hi miro.

El David ho consulta en un ordinador portàtil.

DAVID VALLS. «Premarasa trafalluga molanesantonia.» Mmm... però no crec que duri gaire, massa complicat.

PRESENTADORA. Perdoni, però amb tots els respectes, ¿creu que aquest idioma tindrà èxit?

DAVID VALLS. ¿No té èxit la borsa, que és una cosa que també canvia i fluctua? ¿Per què no ha de tenir èxit aquest idioma que, a més, està pensat per fer negocis? On hi ha diners, hi ha ganes, cregui'm...

PRESENTADORA. D'acord. Doncs aquí queda el seu testimoni. ¿Vol afegir alguna cosa?

DAVID VALLS. No, només dir-li «gui sambodo».

PRESENTADORA *(emprenyada)*. ¿M'està dient desgraciada de merda?

DAVID VALLS. No, home, no... Que «gui sambodo» ara vol dir «encantat d'haver vingut al programa».

PRESENTADORA. Ah, perdoni... Jo és que el graell encara no el domino. No estic feta per als idiomes.

DAVID VALLS. ¡No cal que ho digui!

Entra la sintonia del programa mentre la presentadora clava una mirada assassina al David.

ENCICLOPÈDIA HUMANA

Plató de televisió. Soroll d'aplaudiments de públic. El concursant aixeca els braços exultant. Al púlpit del concursant llegim la quantitat d'1 000 000.

PRESENTADORA. I l'Oriol arriba per primera vegada en aquesta edició d'«Enciclopèdies Humanes» a la quantitat màgica del milió d'euros. Oriol, tu sí que ets una autèntica enciclopèdia humana, ¿continues o et plantes?

ORIOL. Continuo, continuo...

PRESENTADORA. Així m'agrada, un home convençut de les seves possibilitats però, t'he de recordar, Oriol, que entrem a la fase de preguntes d'alt risc, fase que, com tothom sap, t'obliga a contestar, com a mínim, set de deu preguntes. Cosa que equival a un 70 % de respostes correctes...

ORIOL. Ja ho sé...

PRESENTADORA. Segur que deus tenir tot Valldoriolf pendent de tu.

ORIOL. Sí...

PRESENTADORA. Doncs comencem. ¡Temps!

Un rellotge de dígits sobreimpressionat comença a descomptar seixanta segons.

PRESENTADORA. ¿Amb quin altre nom es coneix la ciutat de Jaipur?

ORIOL. La Ciutat Rosa.

PRESENTADORA. Correcte. Altitud mitjana de l'Antàrtida.

ORIOL. 2.650 metres.

PRESENTADORA. Correcte. Deessa maia de les inundacions.

ORIOL. Ixchel.

PRESENTADORA. Correcte. Si li parlo d'una ciutat europea amb indústria del carbó, automòbil, tèxtil, paper, plàstic i porcellana... M'estic referint a...

ORIOL. ¡Zwickau, Saxònia, Alemanya!

PRESENTADORA. Correcte. ¿Quin dia és l'aniversari del seu casament?

ORIOL. ¿Eh?

PRESENTADORA. ¿Quin dia és l'aniversari del seu casament?

ORIOL. ¿13 d'agost?

PRESENTADORA. 12 d'agost. ¡Llàstima! ¿Quin curs fa la seva filla gran?

ORIOL *(despistat)*. ¿Ehhh? Primer d'ESO.

PRESENTADORA. Primer de batxillerat. Ho sento. ¿A quin armari de la seva cuina podríem trobar les tasses de cafè?

ORIOL. No ho sé...

Sona música de decepció. El milió d'euros sobreimpressionat es descompta fins arribar a 0.

PRESENTADORA. ¡Quina llàstima, Oriol, tan bé que anava! En fi, uns cops es guanya i uns altres es perd... *(a càmera).* I fins aquí ha estat el concurs d'avui d'«Enciclopèdies Humanes», ens veiem demà a la mateixa hora.

Sona la sintonia del programa mentre veiem com la presentadora intenta consolar un perplex Oriol.

Policia

Vostè no sap amb qui parla

Un policia multa un cotxe mal aparcat sota un senyal de prohibit aparcar. Arriba corrents la Dolors, una dona ben vestida que sembla important.

DOLORS. ¿Què fa?

POLICIA. Res. He vist el cotxe, m'ha agradat i m'estic apuntant la marca i el model per si mai me'l vull comprar.

DOLORS. ¿M'està posant una multa?

POLICIA. ¿A vostè què li sembla?

DOLORS. Però si només fa cinc minuts que l'he deixat.

POLICIA *(posant la mà al capó).* El capó està fred.

DOLORS. He anat a la caixa, m'han atracat un moment i he tornat.

POLICIA. Les lleis estan fetes per a tothom.

DOLORS. Vostè no sap amb qui parla.

POLICIA. No.

DOLORS. ¿No?

POLICIA. No.

DOLORS. ¿No em coneix?

POLICIA. No.

DOLORS. Miri'm bé.

POLICIA *(mirant-la)*. Ja està.
DOLORS. ¿I què?
POLICIA. No la conec.
DOLORS. Sóc la Dolors Punyent.
POLICIA. Encantat. ¿Vol firmar o fem veure que no m'ha vist?
DOLORS. Dolors Punyent, treballo a l'ajuntament.
POLICIA. Jo també. ¿No em coneix?
DOLORS. No.
POLICIA. Doncs jo tampoc.
DOLORS. Sóc la Dolors Punyent, la consellera.
POLICIA. Ho sento.
DOLORS. Potser coneix el meu germà, l'Albert Punyent, que treballa a Governació.
POLICIA. Albert Punyent... No...
DOLORS. ¿I l'Esteve Ferrer, del Departament de Trànsit...?
POLICIA. No...
DOLORS. ¿Dania Aiguader, d'Obres Públiques?
POLICIA. No...
DOLORS. ¿Mariano Fontibre, de la Delegació de Govern?
POLICIA. No...
DOLORS. ¿Jordi Nostrat, de la junta del Barça...?
POLICIA. No...
DOLORS. ¿Oriol Sugranyés, exbisbe del Principat?
POLICIA. ¿Oriol què?
DOLORS. Sugranyés.
POLICIA. No...
DOLORS. ¿Li sona, l'Eulàlia Vilaclara?
POLICIA. ¿On estiueja?
DOLORS. A prop de Sitges. Té un cosí que és municipal a Lugo.
POLICIA. No. Conec un Rafel Marcet que viu a Valldoriolf.

DOLORS. No, jo no el conec... Hem de tenir alguna amistat en comú..

POLICIA. Potser... ¿Li agraden les curses de llebrers?

DOLORS. No...

POLICIA. ¿Hi va molt, pel Porno Show de les Rambles?

DOLORS. Mai.

POLICIA. Els àngels de l'Infern, i el món del tatuatge... No ho deu tocar, ¿oi que no?

DOLORS. Esclar que no.

POLICIA. Doncs no crec que tinguem cap amic en comú. O sigui, que «multa al canto» *(li deixa la multa al parabrisa).*

DOLORS *(assenyalant la multa).* Això no quedarà així.

POLICIA. Vostè mateixa, faci el que vulgui: pot agafar-la o deixar-la al parabrisa. Bon dia.

El policia marxa i es troba amb un company.

POLICIA 2. ¿Qui era, aquella?

POLICIA. ¿No l'has conegut? La Dolors Punyent, la consellera...

POLICIA 2. ¡Ah, sí!

POLICIA. Em venia amb allò de vostè no sap amb qui parla.

POLICIA 2. ¡Serà possible! ¡A aquestes alçades!

POLICIA. ¡Ja veus! ¡A mi!

DNI

Carretera. Control molt rigorós de policia, on dos mossos d'esquadra estan aturant tots els cotxes per demanar, un a un, el carnet d'identitat.

Mosso. ¿El carnet d'identitat, sisplau?
Conductor primer. No sé si el tinc... però, si vol, tinc el carnet de la piscina...
Mosso. No. El d'identitat, sisplau.
Conductor primer. Un moment que no sé si me'n queda cap...

El mosso se'l mira una mica desconcertat.
El conductor del cotxe del darrere ha tret el cap per la finestra i crida:

El del darrere. ¡Perdonin! Si els falta un DNI, jo els puc deixar una fotocòpia del meu. A mi no em fa res, ¿eh?

El mosso fot una mirada al conductor del darrere que el fulmina.

Conductor primer. ¡Ah, no! Ja està. Ja el tinc.

El conductor primer dóna el carnet al mosso. I aquest comprova la foto.

Mosso. ¡Aquest no és vostè...!
Conductor primer. ¿Ah, no? A veure... No. No sóc jo, no... ¡Però tampoc és vostè i no l'hi retrec!

MOSSO. Ja, però és que hauria de ser vostè.

CONDUCTOR PRIMER. ¡Sí, home! ¿I per què jo precisament? ¡Sempre m'ha de tocar a mi!

El conductor del darrere, aprofitant l'enrenou, baixa del cotxe, s'acosta i es dirigeix al conductor primer.

EL DEL DARRERE. Escolti. ¿Em podria ensenyar el seu carnet, sisplau?

El conductor primer ensenya el DNI al del darrere.

EL DEL DARRERE. ¡Òndia, ja m'ho havia semblat! ¡Si és el meu germà! ¿Què fa vostè amb la foto del meu germà en el seu carnet d'identitat? ¿Que el coneix?

CONDUCTOR PRIMER. No. No el conec de res. ¿Per què?

EL DEL DARRERE. ¡Òndia! ¡Que fort! ¡Ni tan sols el coneix!

El mosso, a qui la situació se li està anant de les mans, es fot nerviós i es dirigeix al del darrere.

MOSSO. A veure. ¡Vostè, el DNI, sisplau!

El del darrere li dóna el DNI i el mosso se'l mira.

MOSSO. Aquest tampoc no és vostè.

EL DEL DARRERE. No, ja ho sé, ja. Però no es preocupi, perquè jo el conec i és una bellíssima persona. És de fiar.

MOSSO. ¡I a mi què!...

EL DEL DARRERE. ¡Home! ¡Com a mínim no porto la foto d'un desconegut com aquest senyor!

Una tercera conductora ha baixat del seu cotxe i s'ha acostat a ells.

UNA TERCERA. Perdonin. El DNI que jo porto és del meu pare. Me'l va donar... És un record de família. No tindré problemes, ¿oi?

CONDUCTOR PRIMER *(mirant el DNI)*. Perdoni, ¿aquest és el seu pare?

UNA TERCERA. No. És la foto del meu pare.

CONDUCTOR PRIMER. Ah. És que jo tinc un amic que tenia un DNI amb la foto d'una persona que era molt amiga del seu pare...

UNA TERCERA. ¿Ah, sí?

CONDUCTOR PRIMER. Sí. El que passa és que va caducar i mai més no n'he sabut res més.

MOSSO. A veure... ¡¿¡Què passa!?! ¡¡¿Aquí ningú no té un DNI que sigui el seu o què?!!

UNA TERCERA. No, si és meu. ¡Ja li he dit que me'l va donar el meu pare!

El mosso perd les bones formes i es comença a comportar com un legionari.

MOSSO. ¡Prou! Collons ja... Vull ara mateix tothom amb el seu DNI i amb la seva foto a la seva boca o aquí començaran a córrer hòsties per un *tubo*. Vinga, va. Cames obertes, mans enlaire...

La sergent s'acosta i intenta aturar-lo.

SERGENT *(intentant ficar-se al monòleg)*. Martí... Martí... Martí... ¡¡¡¡AGENT MARTÍ!!!!

El mosso s'adona del ridícul que està fent i es quadra davant la seva superior.

MOSSO. Sí, senyora, senyora.
SERGENT. Molt malament, Martí, molt malament.
MOSSO. Sí, senyora, perdó...
SERGENT. ¿Quina és la finalitat d'aquest exercici?
MOSSO. Escoltar, valorar i sancionar...
SERGENT. ¿Sense...?
MOSSO. Sense perdre mai la paciència...

Els conductors, agents camuflats, s'acosten al Martí.

CONDUCTOR PRIMER. Molt malament, Martí...
EL DEL DARRERE. Molt malament...
UNA TERCERA. Et veig fent guàrdies tota la vida... Martí.

POLICIA BO

Un policia camina neguitós al voltant d'un cotxe aparcat en doble filera. De fons, arriba corrent la Diana i demana perdó per la infracció.

DIANA. Perdó, perdó, perdó...
POLICIA. ¿Però què m'ha fet, sisplau, què m'ha fet?
DIANA. Ho sento.
POLICIA. Sí, ja, és molt fàcil dir ho sento.
DIANA. Si només han estat cinc minuts.
POLICIA. No, cinc minuts, no. A sobre, sisplau, no em di-

gui mentides. L'he vista com deixava el cotxe en doble filera...

DIANA *(estranyada)*. ¿M'ha vist?

POLICIA. Esclar que l'he vista, i no ha estat fa cinc minuts... ¿Oi que no? ¿Ha estat fa...?

DIANA. ¿Deu?

El policia fa gestos amb la mà perquè apugi la quantitat.

DIANA. ¿Quinze? *(gestos)*. ¿Vint? *(gestos)*. Està bé, trenta minuts, sí, em pensava que era pujar i baixar, se m'ha complicat una mica la cosa, però vigilava des de la finestra...

POLICIA. ¿Per què em posa en aquest compromís?

DIANA. ¿Compromís?

POLICIA. ¿No comprèn que li hauria d'haver clavat una multa?

DIANA. Sí, ja...

POLICIA. M'he hagut d'amagar al lavabo d'aquell bar perquè no fos tan evident que no li volia posar una multa...

DIANA. Ho sento...

POLICIA. Al bar estan preocupats per si tinc incontinència...

DIANA. Ja...

POLICIA. Sí, «ja, ja»... ¿Li semblaria bé que li clavés una multa de 15 000? ¿Eh? Suposo que no, a ningú no li va bé que li fotin una multa, i ja no és pels diners, que sí que importen, és per la vergonya de saber que has fet una cosa malament, una cosa incívica...

La Diana al·lucina de l'actitud paternalista del policia.

DIANA. Sí, ja...

POLICIA. El fet d'haver-ho d'explicar a casa... ¿Vostè té fills?

DIANA. Sí...

POLICIA. ¿Què pensarien els seus fills si trobessin a casa una carta de l'ajuntament, un requeriment, un embargament fins i tot...? ¿Podrien suportar conviure amb una mare delinqüent?

DIANA. No...

POLICIA. Després, que si la policia som els dolents de la pel·lícula, però és que vostès no fan res per ajudar-nos... I, sisplau, passi la ITV, que fa dos anys que té l'adhesiu caducat... ¡Déu meu!

La Diana, sense saber ben bé si ha de riure o dissimular, entra al cotxe.

DAMIÀ. Sí, perdó...

POLICIA. Perdó, perdó... ¡Apa, passi, passi...!

Arriba un altre policia, un xuleta.

POLICIA-2. Li acabo de fotre un paquet a una tia, que s'haurà de vendre el cotxe per poder pagar-lo... ¿I tu, com vas?

POLICIA. Normal. Per aquí està tot tranquil... La gent és bona...

POLICIA-2. Sí, ja... «bona»...

El policia-2 veu alguna infracció de lluny i se'n va renegant desaforadament.

Bigoti civil

Dos guàrdies civils, amb el bigoti oficial del cos, controlen el trànsit al costat de la carretera.

TONO. No sé. Quan em vaig ficar al cos, pensava que seria una altra cosa... Però tantes hores dret...

DIONI. I amb aquests pantalons. ¿A tu no t'estrenyen molt l'entrecuix?

TONO. Molt.

DIONI. I el casc tot el dia. ¿Saps que va molt malament per als cabells?

TONO. ¿Què dius?

DIONI. Sí. Per la falta de transpiració. Jo no sé si demanar una indemnització per alopècia.

TONO. Jo el que porto pitjor és això del bigoti.

DIONI. Jo també.

TONO. Em pica i suo... ¡Vaja! Se m'ha tornat a desenganxar...

El Tono agafa una punta del bigoti i el desenganxa totalment de la pell.

TONO. ¿Tens una mica de cola?

DIONI. Sí...

El Dioni li passa un potet de cola que treu de la butxaca.

DIONI. Em sembla que si estàs destinat a una capital de província no estàs obligat a portar-lo.

El Tono s'aplica cola al llavi.

TONO. Sí, ja, però al món rural, que és tan tradicional...
DIONI. Home, si van treure els tricornis, doncs potser també treuen els bigotis...
TONO. ¡Tant de bo!

Passa un cotxe circulant ràpidament.

TONO. ¡Merda! Aquest se'ns ha escapat...

LLIGAR

Una policia amb ulleres fosques es mira en un aparador per arreglar-se els pantalons. Passa el Quim per darrere d'ella, la veu i torna sobre les seves passes per parlar amb ella.

QUIM. Hola...
POLICIA *(recomponent-se).* Bona tarda. ¿En què puc ajudar-lo?
QUIM. Bé. És que no sé si el que li vull dir l'hi puc dir.
POLICIA. Depèn...

QUIM. Sí. Ja ho sé que depèn, però és que si li dic i resulta que no es podia dir, ja l'hem feta bona.

POLICIA. ¿Què em vol dir?

QUIM. ¿I si no es pot dir?

POLICIA. Intenti-ho.

QUIM. Bé... ¿Vostè què és abans, policia o dona?

La policia no sap per on sortir.

POLICIA. Eeeehhhh... Policia...

QUIM. ¿Segur? L'he vist fa un moment mirar-se a l'aparador a veure si li quedaven bé els pantalons...

POLICIA. Bé... Sí, suposo que primer s'ha de ser dona i, després, policia...

QUIM. ¿Creu que per arribar a la culminació dels valors familiars s'ha de tenir un coneixement previ de la parella?

POLICIA. Sí... ¿Això què és, una enquesta?

El Quim cada cop agafa un to més seductor. La policia no sap on ficar-se.

QUIM. Sí, particular... ¿Creu que l'home és l'animal que ensopega dos cops a la mateixa pedra?

POLICIA. Sí...

QUIM. I que, per tant, és lògic prendre una decisió que creiem definitiva i, no obstant, equivocar-se...

POLICIA. Sí...

QUIM. Molt bé... ¿Vols sortir amb mi aquesta nit?

POLICIA. ¿Com?

QUIM. Que m'agrades molt i que, no sé, em molaria sopar amb tu, prendre una copa i després, no sé, el que surti. Ja m'entens...

POLICIA. ¿Com s'atreveix?

QUIM. Sóc un home, tu, una dona. Estem obligats a preservar l'espècie humana...

POLICIA. Sóc una policia en acte de servei.

QUIM. Sí, ja ho sé, però si m'hagués enamorat d'una peixatera en acte de servei, tampoc no m'hauria esperat per dir-l'hi al final de la jornada. ¿Què?

La policia no sap què fer ni què dir.

POLICIA. No m'havia passat mai.

QUIM. Perquè la gent no sabem com reaccionar davant la policia... Sempre aneu amb ulleres fosques, adopteu una actitud tan prepotent, tan distant...

Ella, nerviosa, es treu les ulleres.

QUIM. Ho sabia, sabia que tenies uns ulls preciosos...

POLICIA. Gràcies, però... A veure... no sé... dóna'm el carnet d'identitat, per dissimular una miqueta...

QUIM. Preciosos...

Ella mira el DNI. Ell l'ensuma dissimuladament.

POLICIA. ¿Què passa?

QUIM. Que m'agrada molt la teva olor...

POLICIA *(dissimulant).* Molt bé. Tot en regla...

QUIM. ¿Què, «dona o policia»?

Ella dubta per uns segons, però se li llança als braços i es fan un petó. Passa una parella gran per darrere i els mira encuriosits.

ELL. Mira, una policia fent primers auxilis...

ELLA. No sabia que estiguessin preparats per a aquestes coses...

ELL. Doncs sí, es veu que sí...

GOS POLICIA

Un client indignat entra amb un pastor alemany en una botiga d'animals.

VENEDORA. Bon dia.

CLIENT. Vinc a tornar aquest gos.

VENEDORA. ¿Per què? ¿No està content?

CLIENT. ¿Content? ¿Content de què? ¿D'aquesta merda de gos policia?

VENEDORA. ¿Que no està ben ensinistrat?

CLIENT. ¡Sí! ¡Molt ben ensinistrat! Massa ben ensinistrat. Em denuncia si aparco malament, em denuncia si llenço les escombraries fora d'hores, em denuncia si condueixo amb una copa de més...

La dependenta comença a riure.

CLIENT. És un gos policia de puta mare.

Un guàrdia civil sol

Un guàrdia civil sol enmig d'una carretera de mala mort. Un cotxe s'acosta per l'horitzó. El guàrdia l'atura.

Guàrdia. Bona tarda.
Conductora. Bona tarda. ¿Que hi havia radar?
Guàrdia. No...
Conductora. ¿Que he fet alguna cosa malament?
Guàrdia. No, no...
Conductora *(sortint del cotxe).* Porto els dos triangles homologats. ¿Vol veure'ls?
Guàrdia. No, la veritat és que no l'he aturat per haver fet res malament...
Conductora. ¿Llavors?
Guàrdia. Necessitava parlar amb algú...
Conductora. ¿Com?
Guàrdia. Estic tan sol, em sento tan miserable... Estic tan fart de ser el dolent de la pel·lícula, que tothom s'amagui de mi, que em tinguin por quan em veuen de lluny...
Conductora. Ja...
Guàrdia. A més, la meva dona m'ha deixat fa poc... Només puc veure els nens cada quinze dies...
Conductora. Ho sento...
Guàrdia. La meva família no em fa costat, diu que és culpa meva... I els meus amics estan prou preocupats amb els seus problemes...
Conductora. Ja... ¿I el seu company?
Guàrdia. El meu company se'n va anar amb ella.
Conductora. Vaja...

GUÀRDIA. Tinc hora per al psicoanalista del seguro, però ja sap com són les llistes d'espera...
CONDUCTORA. Sí...
GUÀRDIA. Ja no rendeixo, la feina se me'n fot.
CONDUCTORA. Ja...
GUÀRDIA. I és molt dur, molt dur, anar tot el dia amb moto, o quedar-te palplantat darrere un canvi de rasant amb aquests pantalons que t'estrenyen no sap com... Tot el dia sol, donant-hi voltes al cap... ¿Què devia fer malament? ¿Què devia fer malament? *(comença a plorar).*

La conductora no sap ben bé què fer. Finalment opta per abraçar-lo. El guàrdia civil s'hi arrepenja deprimit.

CONDUCTORA. Tranquil, tranquil... Tot passarà, ja ho veurà... Tot acaba passant...
GUÀRDIA. Ho sento, ho sento... Perdoni...
CONDUCTORA. No passa res... Tranquil, plori...
GUÀRDIA. Em sentia tan sol, necessitava parlar amb algú...
CONDUCTORA. Doncs ja estem parlant...
GUÀRDIA. Sí... Gràcies...
CONDUCTORA. De res... ¿Millor?
GUÀRDIA. Sí... Molt millor...

El guàrdia civil, encara abraçat a la dona, es fixa en la coberta de la roda del davant.

GUÀRDIA. Té la roda del davant sense dibuix...
CONDUCTORA. ¿Eh?
GUÀRDIA. I la ITV ha caducat...
CONDUCTORA. Sí, hi he d'anar aquesta setmana...

El guàrdia civil s'eixuga la darrera llàgrima i agafa l'actitud policial que ha donat mala fama al cos.

GUÀRDIA. Ja... ¿Em pot donar els papers, sisplau?
CONDUCTORA. ¿Els papers?
GUÀRDIA. Sí. Els papers i l'assegurança, sisplau.
CONDUCTORA *(buscant els papers).* Sí...
GUÀRDIA. M'ha anat molt bé parlar amb vostè... Molt bé...

Taxis

Taxista amb senyora

Un taxi circulant. Al costat del taxista, que sembla bastant molest, la seva senyora fa comentaris de tot el que veu.

Senyora. Mira com va aquest... Tu no corris... Tens un client.

Taxista. ¿On?

Senyora. Allà. Aixecant el braç... ¿No el veus?

Taxista. Sí, sí...

Senyora. Si és que estàs als núvols...

El taxista s'atura i entra un client.

Client. Bona tarda. A l'avinguda Tibidabo, 49, sisplau.

Taxista. Molt bé...

El client s'adona de la presència de la senyora.

Client. Suposo que no correrà com un boig...

Taxista. No, no... Tranquil...

Client *(fent broma).* No, com que veig que porta copilot, com si anés de ral·li...

TAXISTA. No, és la meva senyora, que avui té el dia lliure i m'acompanya...

CLIENT. ¡Ah, encantat!

SENYORA. Igualment *(al marit).* ¿No baixes bandera?

TAXISTA *(fort).* Ara...

SENYORA. ¿On vas?

TAXISTA. A agafar Urgell...

SENYORA. ¿Urgell? Tan carregat que va... Vigila aquest...

TAXISTA. ¿Per on vols anar?

SENYORA. ¿A mi m'ho preguntes? Tu ets el taxista. Tu mateix. Tens un client que vol arribar, segurament, com més aviat millor... ¿És o no és?

CLIENT. Sí, sí...

El client treu una cigarreta i l'encén. La senyora el fumiga amb un esprai d'ozonopino.

SENYORA. No es pot fumar.

CLIENT. Perdó...

SENYORA. La propera a la dreta...

TAXISTA. Ja ho sé...

SENYORA. ¡Oh, ja ho sé, ja ho sé! Abans t'has equivocat.

TAXISTA. Perquè m'atabales.

SENYORA. ¿Jo? Si jo no dic res... Vermell... *(al client).* ¿I vostè, què? El cinturó de seguretat deu ser per fer bonic...

TAXISTA. ¿Vols fer el favor de no molestar els clients?

SENYORA. ¿Jo? *(al client).* ¿L'estic molestant?

CLIENT *(atordit).* No, no...

SENYORA. ¿Ho veus? Tu sí que els molestes amb aquesta ràdio tot el dia... GGGGG un servei per Viladomat... GGGG Hi ha algú més a prop... GGGGG 57 al Clínic... GGGG.

El client ja no pot més i esclata.

CLIENT. ¡Prou! Ja s'ha acabat.
SENYORA. ¿Hem arribat?
CLIENT *(al taxista).* Pari aquí mateix *(a la senyora).* I vostè, faci el favor de baixar del cotxe.
SENYORA. ¿Què?
CLIENT. ¡Fora!
SENYORA. ¿Eh? ¿Com?
CLIENT. ¡Fora d'aquí!
SENYORA. ¡Marcel...! Fes alguna cosa...
CLIENT. ¡Aquest taxi l'he llogat jo! ¡Fora!
TAXISTA. ¿Què vols que hi faci? Estic al seu servei...
CLIENT. ¡Fora!
SENYORA. Marcel...

La senyora baixa del cotxe.

TAXISTA. Ens veurem, aquesta nit...

El taxi es torna a posar en marxa. El taxista, a mesura que veu com la seva senyora s'allunya pel retrovisor, sembla més relaxat.

TAXISTA. ¡Bfff! Gràcies, maco...
CLIENT. No hi ha de què, Marcel...
TAXISTA. És que tu no saps el dia que em va donar la setmana passada...
CLIENT. Res... Avui per tu, demà per mi.
TAXISTA. Gràcies. ¿On et deixo?
CLIENT. On vulguis.

Taxidermista

El taxista parla per la seva emissora. Al costat seu, una dona extremadament impertèrrita, gairebé sembla una figura de cera.

Taxista *(per ràdio).* I va la tia i li diu, no, el lloro no és... després t'ho explico, Miquel... *(a la clienta).* Bon dia.

Entra el client.

Client. Bon dia. A l'avinguda del Tibidabo, 49.
Taxista. Molt bé.

El client mira amb simpatia la dona.

Client. La seva dona, suposo.
Taxista. Sí...
Client. Encantat.
Taxista. No, no parla.
Client. ¡Ah! Perdó.
Taxista. No, no passa res. Sembla que estigui viva. És normal la confusió.
Client *(espantat).* ¿No està viva?
Taxista. No. Està dissecada. Va morir fa un any i com que la trobava a faltar tant... i sóc un manetes, doncs la vaig dissecar...
Client. ¿Vostè?
Taxista. Sí. Sembla una conya, perquè ser taxista i que

t'agradi la taxidèrmia... ¿oi? Sembla conya, ¿no? Però no... Em fa molta companyia.

Al client li entren les presses per baixar.

CLIENT *(donant mil peles)*. Pari aquí mateix.
TAXISTA. ¿Aquí? ¿No anàvem a l'avinguda del Tibidabo?

El client surt del taxi tan ràpidament com pot.

CLIENT. Sí, però m'acabo de recordar d'una cosa i...
TAXISTA. El canvi...
CLIENT. Quedi-se'l! Ja està bé...

El taxista fa cara de no entendre res.

TAXISTA *(a la dona)*. La gent. Com és, ¿oi?

TAXI DESOCUPAT

Un taxista a l'interior del seu vehicle espera clientela. El taxi porta un cartell de «Desocupat» en lloc del típic cartell de «Lliure». Entra una clienta.

TAXISTA. Bon dia.
CLIENTA. Bon dia, a la Barceloneta, sisplau.
TAXISTA. Anem-hi.
CLIENTA. Veig que porta un cartell diferent dels altres taxistes.

El taxista inclina el cartell de «Desocupat».

TAXISTA. Sí. Sóc de la resistència.

CLIENTA. ¿Resistència?

TAXISTA *(es va exaltant per moments).* Exacte. No puc portar un cartell que digui «Lliure» si no sóc lliure. ¿Oi que m'entén? ¿Sóc lliure de triar el meu dia de festa? ¡No! ¿Sóc lliure de triar el color del taxi? ¡No! ¿Sóc lliure per triar el número de llicència o el de la placa de matrícula? ¿Sóc lliure per triar qualsevol emissora de ràdio que no siguin les «horterades» que ens obliga a sintonitzar el sindicat? ¡No! ¿Sóc lliure per negar-me a portar aquest respatller amb boletes i la merda aquesta d'ambientador amb olor de pi? ¿Sóc lliure per engegar a prendre pel sac aquesta merda d'emissora tot el dia «gggh, ggggh»? ¡No! No sóc lliure, sóc un taxista a les ordres d'un superior, d'un sindicat, d'un gremi. Per tant, no puc posar un cartell que digui «Lliure»; no ho sóc, no sóc lliure però tinc el mínim de dignitat per denunciar-ho. ¿Oi que m'entén?

CLIENTA. Sí, sí, esclar...

TAXISTA. ¿On anàvem?

CLIENTA. No ho sé. Vostè mateix. Deixi'm on li vagi bé.

TAXISTA. Gràcies, companya.

Tarifes

Un taxi arriba a la seva destinació. A dintre, el taxista i un jove molt moreno amb pinta de tornar de vacances.

Taxista. ¡Cuba!

Jango. Sí... De feina...

Taxista. A veure museus i tot allò...

Jango. Sí...

Taxista *(còmplice)*. Sobretot, tot allò...

Jango *(rient)*. Sí... ¿Quant és amb els suplements?

Taxista. A veure, un moment, perquè ens han canviat les tarifes... *(treu una calculadora)*. 800, més el suplement de festius, més el suplement de sortida de l'aeroport, més el suplement de les dues maletes, més el suplement del peatge, més el suplement per haver traspassat el meridià de Greenwich...

Jango. ¿El què?

Taxista. El meridià de Greenwich... ¿Sap què és? Un meridià és...

Jango. Sé perfectament què és un meridià... ¿Ara tenen suplements?

Taxista. Sí, bé, no. Només si els traspasses. És des de l'últim conveni. Ho diu a l'adhesiu del vidre. ¿No se l'ha mirat quan ha entrat?

Jango. No...

Taxista. Llavors... Per això els col·loquem, els adhesius, perquè el client estigui informat... A veure... ¿per on anàvem...? Sí. Més el suplement d'aquest barri, que un cop et fiques dins, desprès perds molt de temps per sortir-ne... Més el suplement de nom de carrer de més de cinc síl·labes...

JANGO. ¿Com?

TAXISTA. És un suplement nou, com que són noms que costen més de retenir a la memòria i hem de fer més esforç, doncs tenen suplement... Més el suplement per deixar-lo davant un número senar...

JANGO. ¿Número senar? ¿També té suplement, això?

TAXISTA. Jo no poso les tarifes...

JANGO. ¿I per què té suplement?

TAXISTA. No ho sé ni m'importa. Convindrà amb mi que seria estúpid que ara comencés a justificar una norma de la qual surto beneficiat... Més el suplement de fumar...

JANGO. L'hi he preguntat i m'ha dit que podia...

TAXISTA. Sí, esclar que podia, pagant suplement, ho diu l'adhesiu...

JANGO. En aquest adhesiu de merda no s'entén res.

TAXISTA. ¿Ah, no?

JANGO. No. Està ple de colors i la lletra és petitíssima, a posta, perquè ningú no pugui entendre-hi res...

TAXISTA. «Bueno, bueno, bueno...» Ara no ens posarem a discutir per la mida i els colors d'uns adhesius que ni vostè ni jo hem decidit... Bé, em sembla que ja hi és tot...

El Jango li dóna un bitllet de 5 000.

TAXISTA. ¿Un bitllet de 5 000? ¿No té canvi?

JANGO. No...

El taxista torna a col·locar el taxímetre.

JANGO. ¿Què fa?

TAXISTA. Mentre vostè va a buscar canvi, poso el taxímetre...

JANGO. ¿Com?

TAXISTA. ¡Home! Tot el temps que triga a buscar canvi és temps que jo deixo de treballar... ¿Tampoc no li sembla just?

JANGO. Vinc de l'aeroport. És normal que les carreres siguin llargues. Hauria de portar canvi.

TAXISTA. No. Aquí ho diu ben clar: «El taxista no està obligat a canviar bitllets de més de 2.000.»

JANGO. ¡No m'ho puc creure!

TAXISTA. Jo tampoc. Una persona com vostè, que a priori sembla tan cosmopolita, i que no sàpiga aquestes normes bàsiques...

JANGO. Tingui, quedi's el canvi...

TAXISTA. Com vostè vulgui...

JANGO. I faci'm un rebut.

TAXISTA *(punyeter)*. Vostè no venia d'un viatge de feina, oi que no...

JANGO. ¿Eh?

TAXISTA. O sigui, que venia de vacances...

JANGO. Sí. ¿Per què?

TAXISTA. No, per res... Un rebut per desgravar d'un viatge de vacances... ¡He! Després, que si el país va com va...

El Jango se'n va donant un cop de porta.

TAXISTA. ¡Aprofitats!

Convivència

El matrimoni C25

L'Elena està mirant, molt ensopida, la tele. El Manel arriba, avorrit, de treballar. S'acosta al sofà i fa un petó rutinari a l'Elena. Tots dos miren la tele i no es miren a la cara.

MANEL. Bona nit, carinyo.
ELENA. Bona nit. Arribes tard.
MANEL. ¿Tot bé?
ELENA. Tot bé. ¿La feina?
MANEL. Bé, tot bé. ¿Els nens?
ELENA. Dormint. Bé.
MANEL. M'alegra que dormin bé. Això és bo.
ELENA. Bo, això diuen.
MANEL. ¿Has preparat menjar?
ELENA. Hi ha menjar preparat.

El Manel repara per primer cop en el que fan a la tele.

MANEL. ¿Què fas, mirant el Canal 25? Sempre mirem el Canal 52.
ELENA. Mai hem vist el Canal 52, sempre mirem el Canal 25.

Manel, estranyat per la resposta, mira Elena i s'aixeca sobresaltat.

MANEL. Ui, tu no ets la Rosa, ¿oi que no?
ELENA. Ui, tu no ets el Narcís, ¿oi que no?

Manel mira l'habitació.

MANEL. No. ¿Això no és el quart tercera?
ELENA. No.
MANEL. Perdó, és que com que totes les plantes són iguals...

El Manel marxa avergonyit.

ELENA. No es preocupi.
MANEL. Adéu.
ELENA. Adéu. Si veu el meu marit, digui-li que viu al tercer quarta. Com que totes les plantes són iguals.

L'Elena continua mirant tranquil·lament la tele.

EL COMIAT DEL PALETA

Un matrimoni acomiada un paleta al rebedor de casa seva. Tots tres estan plorosos i es fan abraçades emocionades. El paleta plora. El Pep li estreny la mà fort.

ROSA. Ai, no puc creure que marxis... m'havia acostumat a veure't per casa.

JULIA
EL SEU NOM
en
3 MESOS

PALETA. I jo em sentia com a casa...

PEP. Tant de temps... deu anys fent-nos les obres de la cuina.

ROSA. Déu meu, i sembla que va ser ahir...

PALETA. ¡Deu anys ja!

ROSA. Si me'n recordo quan ens vas donar el pressupost que encara quasi no et sortia la barba...

PALETA. ¡Era un nano!

PEP. Us en recordeu, quan va picar la primera paret... ¿Què era... l'estiu del 92?

PALETA. 93. Vaig començar amb la cuina a l'agost del 93.

ROSA. No, per favor, no marxis. Però si has vist créixer els nostres fills...

PALETA. Els trobaré a faltar. Sobretot el meu fillol.

PEP. Escolta... ¿I si et quedessis una temporada més?

PALETA. ¿Com?

PEP. Sí, ens podies fer el terra del menjador... ¿no, Rosa?

ROSA. Ai, sí... sí, per favor... Encara que no arribem a fi de mes... ¡Però fes el terra del menjador!

PALETA. No sé...

PEP. Va...

Aquest nou projecte sembla eixugar la tristor de la cara de tots.

PALETA. Està bé, està bé... començaré avui mateix, no, demà, o millor, la setmana que ve passo i en parlem. No, la setmana que ve no em va gaire bé... Us truco...

El matrimoni obre i s'abracen il·lusionats davant de la nova perspectiva de futur.

Conversa d'ascensor

Ascensor. Un grup de gent suporta una conversa —gairebé un monòleg— d'una noia uniformada que és al mig de l'espai.

Conversadora. Una exposició maquíssima, però maquíssima, maquíssima, no se la poden perdre... *(es fixa en la camisa d'una senyora).* ¡Carai, quina camisa més maca! ¿On la va comprar?

Sra. Muñoz. ¿Eh? Al centre comercial de Valldoriolf, em sembla...

Conversadora. ¡Ah! ¡Valldoriolf! ¡Que maco! Jo de petita hi passava les vacances *(a un noi).* ¿I vostè on passa les vacances?

Dalmaci. A Tamariu.

Conversadora. ¡Tamariu! ¡Costa Brava! El Mediterrani. ¿No és meravellós, el Mediterrani? ¿Han vist mai un dofí? Per cert, ¿va veure el documental que van fer ahir per la tele?

Ismael. ¿Eh? Sí, una mica, fent zàping...

Conversadora. ¿Com són els dofins, oi? ¿Sap que entre ells es criden pel seu nom?

L'ascensor anuncia amb una veu metàl·lica la planta vuitena i tothom, menys la conversadora, que es queda somrient, surt. El Dalmaci i la senyora Muñoz comenten la jugada.

Dalmaci. La veritat, aquest nou servei de conversa als ascensors és insuportable.

SRA. MUÑOZ. Sí, a mi ja m'estava bé el silenci incòmode i violent que hi havia abans.

DALMACI. I tant.

Surten de quadre. Entra un altre passatger a l'ascensor. Les portes es van tancant mentre la conversadora ataca la seva propera víctima.

CONVERSADORA. ¿Vostè de petit va fer dansa clàssica, oi? ¿Li agrada la dansa clàssica...? ¿Com poden estar tan primes, les ballarines? A mi m'encanta menjar. ¿I a vostè?

ESPERANT L'ASCENSOR

L'Elena espera l'ascensor. Arriba el Maties i pitja el botó, encara que aquest ja està il·luminat.

ELENA. ¡Vaja! ¡Ja m'he tornat invisible un altre cop!

MATIES. ¿Què?

ELENA. ¡Hola! Ja sé que no em pot veure, però estic aquí, davant seu.

MATIES. ¿Com diu?

ELENA. Tranquil, no es preocupi, no és res paranormal, simplement és que, de vegades, em torno invisible, no passa res...

MATIES. ¿Invisible?

ELENA. Sí, a casa em passa constantment. Bé, amb el meu marit és pitjor, perquè ell tampoc no em sent...

MATIES. Jo... Jo la puc veure...
ELENA. ¿Ah, sí?
MATIES. Sí...
ELENA. Llavors és pitjor del que em pensava: vostè m'està dient idiota...
MATIES. ¿Com?
ELENA. Sí, idiota. Una idiota que no és capaç de pitjar un botonet que qualsevol nen de dos anys està fart de pitjar.

El Maties, nerviós, torna a pitjar el botó per omplir el temps.

MATIES. No l'entenc...
ELENA. ¿Tinc mans, oi que sí? Sí. Tinc mans, tinc mans per pitjar botons d'ascensor. I encara que no tingués mans podria haver-lo pitjat amb els monyons, o amb els peus, o amb els monyons dels peus, o amb el nas, o amb el cul, o amb el monyó del cul...
MATIES. Sí, perdó, ha estat un acte reflex...
ELENA. ¿Un acte reflex? Un acte reflex hauria estat dir-me «bon dia» quan ha arribat. I no pitjar un botó amb la voluntat d'ignorar-me.
MATIES. Ho sento, jo no volia...
ELENA. ¡Ah! Perdoni, perdoni... Potser estic parlant amb un d'aquells senyors importants, sí, un d'aquells senyors amb influències que creu que pitja un botó i l'ascensor deixa tot el que estigui fent per arribar tan aviat com pugui davant del gran amo...
MATIES. Perdó... Perdoni...
ELENA. ¿Perdó? ¿Perdó i què més?
MATIES. No ho tornaré a fer.
ELENA. Això espero.

Arriba l'Enric, se'ls mira uns segons i pitja el botó. L'Elena i el Maties es miren amb complicitat.

ELENA. ¡Vaja! Ja ens hem tornat invisibles...
MATIES. O pitjor, potser ens està dient idiotes...
ELENA. ¿Ens està dient idiotes?

L'Enric, desconcertat, torna a pitjar el botó.

ELENA *(confirmant).* Ens està dient idiotes...

ONZE CARTES AL DIRECTOR

1

Un senyor amb pinta de botiguer s'adreça a càmera. Sembla indignat.

JOAN SEGARRA. Senyor director. Li remeto aquesta carta amb l'objectiu de fer palesa una injustícia que s'està cometent dia rere dia. Si tothom té un peu més gran que l'altre... ¿Per què hem de permetre que les sabates es venguin per parelles? I qui diu sabates, diu mitjons, mitges o guants. ¿Per què ens obliguen a consumir productes empaquetats en quantitats completament aleatòries? Ja posats, ¿per què no venen les sabates en paquets de vuit o de dotze? ¿Per a què serveixen les associacions de consumidors? Moltes gràcies.

2

Una senyora circumspecta i molt ponderada contesta la carta anterior.

MARGARIDA BOVER. Senyor director. Em primer lloc, felicitar-lo per la línia ponderada de la seva publicació, i en segon lloc permeti'm que contesti la carta que feia referència a la venda de sabates per parelles. No voldria precipitar-me ni semblar descortesa, ni mal educada o fins i tot imprudent, mai ha estat aquest el meu tarannà, però... *(de cop, es torna molt violenta).* ¿Aquest senyor Segarra és idiota, burro o és que no té altra cosa en què pensar? *(torna al seu posat moderat).*

MARGARIDA BOVER. Gràcies.

3

Un sindicalista defensa Joan Segarra de l'atac de la Margarida.

ALBERT VIOLA. Senyor director. Fa uns dies, una tal senyora Bover va enviar una carta insultant al senyor que, molt sàviament, proposava la venda de sabates per unitats de peu *(compassiu).* Em fa molta pena, aquesta senyora Bover. Molta. Si no entén que la venda de sabates està absolutament controlada i manipulada pels grans fabricants és que, la pobra, ja és una víctima més de l'engranatge del sistema consumista en què ens volen obligar a viure. Un cas perdut. Gràcies.

4

Una intel·lectual, molt sobrada, aclara la confusió latent sobre aquesta polèmica.

DOLORS GURBESOLA. Senyor director. Fa dies que segueixo la polèmica sobre la venda de sabates i voldria posar en coneixement dels seus lectors que ja al segle XII, al que ara es coneix com a Westfàlia, Alemanya, es va produir una polèmica similar, que es va resoldre cruentament amb la coneguda, tristament, com guerra dels monyons. Crec que, per evitar mals majors, no s'hauria de donar peu a litigis innecessaris publicant, en aquesta secció, picabaralles infantils de subscriptors ociosos. Gràcies.

5

Una revolucionària intenta donar lògica a la polèmica.

AITANA SEGUNDO. Senyor director. El tema de les sabates sembla senzill de resoldre. ¿Per unitats o per parelles? La lògica sembla dir-nos que per parelles, però... ¿No tenim també dos ulls i, no obstant, hi ha hagut gent que feia servir el monocle? O sense anar tant lluny. ¿Per què venen telescopis per a un ull si en tenim dos? ¿No seria aquest el moment perquè la Comunitat Europea creés una comissió per a la normalització comercial dels productes aplicats a les parts duplicades del cos? I encara més: ¿no és estúpid que, a la majoria de sabateries, no es pugui pagar amb talons? Gràcies.

6

Un mutilat parla del problema per pròpia experiència.

VICENÇ MARTÍNEZ. Senyor director. Fa setmanes que volia escriure per donar el meu punt de vista subjectiu sobre la polèmica de les sabates. Tinc la cama dreta amputada. Per tant, no faig servir la sabata dreta, però, quan vaig a comprar una sabata esquerra he de comprar obligatòriament la dreta. No crec que sigui just. De vegades, aconsegueixo compartir la compra amb un amic que tinc que és coix del peu esquerre, però que calça un número menys i, esclar, o li va ample a ell o m'estreny a mi. Ja era hora que se'n parlés, d'aquest tema. Gràcies.

7

Un representant de sabates aprofita la seva posició per intentar solucionar el tema.

RICARD PORCIOLES. Senyor director. Sóc representant dels majoristes de calçat de la zona mediterrània i, com deu comprendre, la polèmica de les sabates m'afecta profundament. No voldria sonar oportunista, però ofereixo als seus lectors l'oportunitat de comprar els articles dels nostres mostraris, que, com sap, són sabates desaparellades, un cop hagi acabat la temporada esclar. Gràcies.

8

Una hippie aprofita l'ocasió per reivindicar la natura.

Enriqueta Sans. Senyor director. Com a presidenta del centre naturista Algaravia, em crec amb l'obligació de pregonar que la sabata és una presó, un turment, una tortura. El peu humà no s'ha fet per anar comprimit pels dictàmens de la moda. Pensi que moltes de les malalties de l'home, físiques i psíquiques, vénen del patiment a què sotmetem diàriament els nostres peus. Dic «nostres» genèricament, perquè jo no en faig servir, de sabates *(ensenya el peu)*. L'home, i la dona, neix lliure i bo, i la sabata el converteix en el monstre que tots coneixem. Gràcies.

9

Un sabater ens dóna la visió d'una persona implicada directament en el món de la sabata.

Agustí Fonseca. Senyor director. Fa mesos que llegeixo i llegeixo sobre aquesta polèmica de les sabates, i la solució, no tan sols és ben senzilla, sinó que fa vint anys que l'estem aplicant a la sabateria bricolatge de Valldoriolf. ¿En què consisteix? Doncs nosaltres venem els accessoris per separat —cuir, soles, cordill, agulles...— i el client es fa la sabata que vol, com la vol, a la mida que vol i per unitats o per parelles. Com sempre, el sentit comú és el menys comú dels sentits. Gràcies.

10

El Joan Segarra, el senyor amb pinta de botiguer que va iniciar aquesta polèmica, torna a escriure a la secció de cartes al director per aclarir els problemes que s'han produït.

JOAN SEGARRA. Senyor director. Fa uns mesos vaig enviar una carta parlant de la inconveniència de vendre les sabates per parelles. La veritat és que a mi la venda de sabates m'importa un rave. Ho vaig fer per despit. Estava fart perquè mai m'havien publicat una carta i en vaig enviar una parlant sobre sabates com l'hauria pogut enviar sobre... *(pensa una mica)* per què, al santoral que publiquen diàriament, els sants van sempre per davant de les santes. Ho sento, de debò. No sap el greu que em sap haver despertat aquesta polèmica. Gràcies.

11

Una feminista, molt ofesa, contesta aquesta nova carta d'en Joan Segarra.

ELISABETH FURIÓ. Senyor director. La carta del senyor Segarra m'ha fet reflexionar. No sóc especialment religiosa, però ¿no és molt masclista que al santoral que vostès publiquen surtin sempre els sants per davant de les santes?

FESTA SORPRESA

El Robert entra a les fosques a casa seva. De cop s'obren els llums i apareixen tot d'amics disfressats de festa cantant la típica cançó d'aniversari.

TOTS. ¡Sorpresa! ¡Sorpresa!

L'Aina s'apropa al Robert, que fa cara de no entendre res.

AINA. Felicitats, carinyo...
ROBERT. Gràcies...
AINA. ¿Ja ho sabies, veritat? ¿T'ho imaginaves?
ROBERT. No... No...
AINA. ¿De debò? He estat tota la setmana nerviosíssima preparant-ho tot...
ROBERT. ¿Avui és 23?
AINA. No, carinyo, 17. El teu aniversari.
ROBERT. Jo faig anys el 23.
AINA. No, Toni, tu fas anys el 17.
ROBERT. ¿El 17...? *(pausa).* ¿Com m'has dit?
AINA. Robert.
ROBERT. No. M'has dit Toni.
AINA. No ho sé. Em dec haver equivocat.
ROBERT *(picat).* ¿Qui és el Toni?
AINA. No ho sé, vinga...
ROBERT. ¿Quin dia fa anys el Toni?
AINA. Has de tallar el pastís.
ROBERT. ¿Quin pastís? Que vingui el Toni aquest a tallar-lo.

AINA. Escolta, ara no cal fer numerets. ¿Per què no fas una mica el paperot i talles el pastís?

ROBERT. Odio els aniversaris, odio les festes sorpresa... ¿I ara he de fer el paperot per celebrar una festa sorpresa que ni tan sols és meva?

AINA. Sisplau, dissimula...

ROBERT. ¿Que dissimuli? ¿Per què? A més... ¿Qui són aquests? Si no els conec de res...

AINA. Esclar que els coneixes...

Tots els amics es posen a cantar.

TOTS. Cumpleaños feliz, cumpleaños feliz...

ROBERT. ¡Volen callar vostès! *(a l'Aina).* ¿Potser esperaven el Toni?

AINA *(amb el pastís).* ¡I torna amb el Toni! Vinga, bufa...

ROBERT. Això no és casual, això no pot ser casual...

AINA. ¿Què?

ROBERT. Si hi ha una persona al món amb una memòria d'elefant per a les dates, ets tu.

AINA. He tingut un lapsus.

ROBERT. Jo he tingut un lapsus. Un lapsus de setmanes, de mesos... ¿Qui és aquest Toni? ¿Fa quants mesos que surts amb el Toni? Digue'm, vinga. És evident que no m'esperaves a mi... *(a tots).* ¿Qui és el Toni? ¿Eh? ¿Ningú m'ho vol dir?

AINA. Toni, dic Robert, jo...

ROBERT. Hem acabat. ¿Ho sents? Hem acabat. Ja passaré a recollir les meves coses *(a tots).* Me'n vaig. Ja poden trucar al seu Toni i fotre's el pastís al cul. Adéu.

AINA. Robert.

El Robert se'n va donant un cop de porta. L'Aina no sembla gaire afectada, fins i tot es podria dir que es troba alliberada d'un pes. L'Ismael, discretament, s'apropa a l'Aina.

ISMAEL. Ja està.
AINA. Sí. No m'imaginava que fos tan fàcil.
ISMAEL. Ja li vaig dir que era una de les millors maneres de deixar una relació. ¿M'ho abona ara o li envio la factura?
AINA. No, ara, ara...
ISMAEL *(a tots).* Ja podeu marxar... Demà al matí passeu a cobrar per l'oficina. I deixeu l'atretzo a l'entrada...
AINA. Si ho arribo a saber abans...

REGALS DE NUVIS

Un saló on hi ha exposats un munt d'espantosos regals de nuvis (gerros, gossos de porcellana, elefants i altres coses espantoses). Penjant de la paret una pancarta que diu: «NOUCASATS.» Pertot arreu, flors i globus. Entra una parella de nuvis amb l'actitud típica dels nuvis que entren a casa seva per primer cop (ell la porta a ella en braços).

ELLA. ¡Per fi a casa!
HEL. Sí. Tu, jo... i els regals de boda.
ELLA *(falsament).* ¿No són macos?
HEL *(falsament).* Maquíssims...
ELLA. La tia Àgata, la tia Enriqueta, la cunyada de la tia

Enriqueta, l'oncle Evarist... Aquest elefant, concretament, es bufó, bufó...

HEL. Molt.

A la núvia li cau a terra i es trenca.

HEL. ¿Oh! No saps com ho sento...

ELLA. ¡Quina pena! ¿S'ha trencat?

HEL. Sí... ¡Oh!

El noi agafa una figureta.

ELLA. Vigila, no ensopeguis.

El noi ensopega falsament i deixa caure la figureta.

HEL. ¡Vaja! ¡Quin greu que em sap!

La noia agafa un gerro.

ELLA. ¿Aquest de la meva cosina de Cáceres, on el podríem ficar?

HEL. No ho sé, en un lloc que es pugui veure bé...

ELLA. Ja ho sé...

S'apropa a una taula baixa, però ensopega falsament amb el sofà i el gerro surt volant pels aires i es trenca.

ELLA. ¿No em diguis que s'ha trencat?

HEL. Sí...

ELLA. ¡¡Oh!! És que mira que posar un sofà al mig del saló...

HEL. No et facis mala sang, vida, que avui és el dia més important de la nostra vida. Té... *(li dóna uns gossets)*. Per a la cuina. Vigila que no et caiguin.

Ella els agafa però li rellisquen i cauen.

HEL. Oh...
ELLA *(somrient)*. ¿De qui eren?
HEL. Millor no saber-ho per no patir... ¿Això on ho fiquem, que no es trenqui? *(deixant-lo caure)*. ¡Ai!

A partir d'aquest moment comencen a jugar al mateix joc i a buscar figuretes horroroses, però sense miraments. Enmig d'aquest joc Hel agafa una figura una mica més maca que les altres.

HEL. ¿I això? ¿On ho vols?
ELLA *(puntualitzant)*. ¡Ei! Aquesta l'he comprada jo.
HEL *(deixant-la al seu lloc)*. ¡Ah! Molt bé.

Segueix el joc. Tot són trencadisses i falses excuses. Quan ja gairebé no queda res que no els agradi, amb somriures...

ELLA. ¡Déu meu, quina pena!
HEL. ¡I quina mala sort!
HEL. És que amb els nervis de la boda, et passa cada cosa...
ELLA. Sí...
HEL. ¿Al dormitori no hi havia més regals?
ELLA. Sí...

Tots dos marxen corrent i excitats cap al dormitori.

Llibertat d'expressió

Oficina del director d'un diari. Una redactora treu el cap per la porta.

Redactora. ¡Hola! ¿Volies veure'm?
Director *(agafant un diari)*. Sí. Seu.
Redactora. ¿Passa alguna cosa?
Director. Sí. ¿Saps allò que diuen que en un diari, l'única notícia que et pots creure és la data i que, tot i així, l'endemà la desmenteixen...?
Redactora *(somrient)*. Sí, sí...
Director. ¿Quin dia som avui?
Redactora. 18.
Director *(ensenyant el diari)*. ¿Què posa aquí?
Redactora. 19. Té una explicació...
Director. Espero que sigui bona.
Redactora. No m'agrada el número 18. Li tinc mania. Prefereixo obviar-lo.
Director. ¿Prefereixes obviar-lo?
Redactora. Sí, a més, no crec que sigui gaire important. I encara que ho fos, el nostre diari és un diari que defensa la llibertat d'expressió...
Director. Un diari no pot donar la data malament...
Redactora. Bé. No és el diari qui dóna la data malament. A la primera plana ho diu ben clar: «Aquest diari no es responsabilitza de l'opinió dels seus col·laboradors.»
Director *(ensenyant el diari)*. ¿19 de juny?
Redactora. ¿Avui he posat juny?

DIRECTOR. ¿Com, avui? ¿Que potser vas variant?

REDACTORA. Sí. Si veig la gent de mal rotllo, grisa, trista..., poso mesos primaverals per animar-los...

DIRECTOR. ¿Per què? ¿No m'has dit que la data no era important?

REDACTORA. El número de la data. El mes, sí. El mes mola. El mes dóna el signe del zodíac... ¿Tu ets taure, oi?

El director no vol entrar en el joc dels signes i segueix atacant.

DIRECTOR. ¿Hi ha alguna cosa més que vagis canviant i que jo no sàpiga?

REDACTORA. ¿Important?

DIRECTOR *(pacient)*. Qualsevol cosa...

REDACTORA. Eeeeh ¡Sí! Per exemple, si puc, intento suavitzar les notícies negatives... Retoco els resultats de futbol...

DIRECTOR. ¿Futbol?

REDACTORA. Sí. A ningú li agrada que perdi el seu equip... En general tendeixo a ser generosa amb els resultats de tots... ¡Ah! I les esqueles també les retoco.

DIRECTOR. ¿Què fas amb les esqueles?

REDACTORA. Els poso a tots més anys dels que tenien, així la gent no s'espanta i té més esperança de vida...

DIRECTOR. De vida...

REDACTORA. I la programació de la tele... Els programes rematadament idiotes, miro d'ometre'ls...

DIRECTOR. Ometre'ls...

REDACTORA. I la previsió del temps sempre és optimista... A espectacles només publiquem les crítiques positives... L'horòscop sempre és esperançador...

DIRECTOR *(aixecant-se)*. Para, para...

REDACTORA. En fi, coses que a priori semblen tontetes, però que d'alguna manera alegren la vida dels nostres lectors...

El director no pot més i explota.

DIRECTOR. Però... ¿Com has pogut? No entens que... Que això no es pot fer... Un diari ha de donar la veritat... Un diari... Això no pot seguir, t'hauré de... ¿Des de quan ho fas, això?

REDACTORA. Poc... Fa tres mesos...

DIRECTOR. ¡Tres mesos! ¡Déu meu! ¡Tres mesos fent el ridícul!

Entra el Quique amb uns papers que dóna al director.

QUIQUE. ¡Hola, perdona, no sabia que hi eres!

DIRECTOR. ¿Què passa?

QUIQUE. Ha arribat el control de productivitat de l'últim trimestre. Hem venut un 32 % més de diaris... Mai ens havia passat... ¡És increïble!

DIRECTOR. Sí...

El director mira la redactora, que somriu amb humilitat.

DIRECTOR. ¿Coneixes la Mireia?

QUIQUE. Psí...

DIRECTOR. És la nova cap de redacció.

TEMES DE CONVERSA

L'Hèctor és a l'ascensor. S'obren les portes i entra el Jordi.

JORDI. Bon dia.
HÈCTOR. Bon dia...

Es produeix un moment de silenci que l'Hèctor no dubta a omplir.

HÈCTOR. ... Curiós, l'ascensor...
JORDI. ¿Perdó?
HÈCTOR. No, que un ascensor... Si ens hi parem a pensar, quina cosa més fràgil. ¿Oi? Una capsa de fusta tirada per quatre cables deixats de la mà de Déu...
JORDI. Ehem... sí...
HÈCTOR. Dins un forat de ciment... Que si passés qualsevol cosa, cauríem en picat fins a petar contra el terra...

El Jordi comença a patir.

JORDI. ¿Eh? Ah...
HÈCTOR. ... O quedar-nos tancats, a les fosques, fins que algú ens vingués a buscar...
JORDI. Glups... ¿Eh? Ah...
HÈCTOR. ... En el cas que ens vinguessin a buscar, esclar, perquè podria ser que tothom hagués sortit de treballar, o que haguessin començat les vacances i no tornessin fins d'aquí a un mes... Quina mort més estúpida...

L'ascensor s'atura. El Jordi surt corrents.

JORDI. Aaaaaaaaaahhhhh...

Entra la Sara, que mira espantada la fugida del Jordi.

SARA. ¿Què li passa a aquest?
HÈCTOR. ¡Jo què sé!... Tothom es queixa que als ascensors sempre es parla del mateix, però quan surts del tema del temps, es posen histèrics...
SARA. Ah...

JOAN RAMON

Un carrer d'una urbanització de xalets adossats. El Joan surt de casa seva, traspassa el carrer i pica a la porta del veí de davant. Abans que l'obrin té temps de fixar-se en un nan de pedra. Obre el veí: xandall, samarreta, cadenes daurades: un hortera.

VEÍ. ¿Sí?
JOAN. Hola, bon dia.
VEÍ. No comprem res a domicili.
JOAN. No, no venc res. Sóc el veí de davant.
VEÍ. ¿El veí?
JOAN. De davant. Ja fa gairebé deu anys que som veïns.
VEÍ. ¿Ah, sí? ¿Què vol?
JOAN. Que m'agradaria...

VEÍ. ¿Li han fet alguna cosa, els nens? ¡Cago en els nens! ¡Maria!
JOAN. No, no. Els nens no han fet res...
VEÍ. Llavors ¿Quin problema té?
JOAN. Cap. Només és que vull pintar la façana...
VEÍ. Jo no puc ajudar-lo. Tinc problemes d'esquena. Ho faria, de debò, però no puc. Ho sento.

El veí vol tancar la porta. El Joan insisteix.

JOAN. No, no cal, ja tinc una empresa que m'ho fa...
VEÍ. ¿Doncs què?
JOAN. Doncs que... Ara potser li semblarà una fotesa... que fa poc vaig llegir que en Juan Ramón Jiménez...
VEÍ. ¿Qui?
JOAN. Juan Ramón Jiménez.
VEÍ. No el conec.
JOAN. El poeta.
VEÍ. ¿Viu en aquesta urbanització?
JOAN. No, no. Ja és mort. Un poeta de la generació del 27 que...
VEÍ. A vostè no li agrada el futbol, ¿veritat?
JOAN. ¿El futbol? Home, no gaire.
VEÍ. Ja es nota, ja. Afanyi's, que està a punt de començar la segona part.
JOAN. Sí. ¿Per on anava?
VEÍ. Amb un poètic que no sé què.
JOAN. Sí, que un dia va voler pintar la façana de casa seva i li va preguntar al veí de davant de quin color la volia.
VEÍ *(pausa)*. ¿I...?
JOAN. Doncs això, que em va semblar una bona idea, de molta urbanitat, de molta ètica fins i tot, i que, com ja

li he dit, jo vull pintar la meva façana, o sigui, que he vingut a preguntar-li de quin color la vol.

VEÍ *(pausa).* ¿Vol que li digui de quin color ha de pintar la seva façana?

JOAN. Exacte. De fet, vostè la veu més que jo... Des de les seves finestres, quan surt al carrer... A mi em sembla just.

El veí se'l mira de dalt a baix, prenent-lo per boig, i li tanca la porta pels nassos. El Joan queda uns segons atònit. Es torna a obrir la porta; aquesta vegada el veí està acompanyat per la seva dona.

VEÍ. Mi-te'l. Encara és aquí. ¡El poètic!

VEÏNA. És veritat. Sí que fa cara d'imbècil, sí.

Tornen a tancar-li la porta pels nassos.

Sexe

Sostenidors

Secció de llenceria d'uns grans magatzems. Dos nois joves manipulen sostenidors i miren dissimuladament una dependenta que hi ha al fons.

Toni. No funcionarà.
Albert. Que sí...
Toni. No... No pot ser tan fàcil...
Albert. Que sí... ¿Què fa? ¿Mira o no mira?
Toni *(espia dissimuladament).* No. Sí. Ara, ara sembla que mira...

La dependenta els ha localitzat i va cap a ells. Els nois, amb els sotenidors a les mans, comencen a parlar en veu alta, molt teatralment, perquè la dependenta els senti.

Albert. Sí, sí... ¿Tu què creus?
Toni. No ho sé. És molt difícil.
Albert. Sí...

Arriba la dependenta.

DEPENDENTA. ¿Us puc ajudar en alguna cosa?
ALBERT. Sí...
TONI. No...
DEPENDENTA. ¿En què quedem?
ALBERT. Que sí, que sí... A veure... ¿Com ho podríem dir?
DEPENDENTA. ¿Voleu roba interior?
ALBERT. Sí.
DEPENDENTA. ¿Per a una noia, potser?
TONI. Sí.
DEPENDENTA. ¿I quin és el problema?
ALBERT. La talla. No sabem quina talla té.
DEPENDENTA. No en tens ni idea...
ALBERT. No... Bé, sí, sé com són, esclar, però la talla...

L'Albert busca alguna cosa com per fer una referència de la talla. La dependenta assenyala un maniquí.

DEPENDENTA. ¿Com ara aquest maniquí?
ALBERT. No...
DEPENDENTA. ¿Aquell?
ALBERT. No...
DEPENDENTA. No ho sé...

L'Albert mira dissimuladament els pits de la dependenta.

DEPENDENTA. ¿Com els meus? Jo sóc una cent.
ALBERT. No ho sé, potser, més o menys... La roba enganya...
DEPENDENTA. Doncs pregunta-l'hi i torna.
ALBERT. No puc. És un regal d'aniversari. I és avui.
DEPENDENTA. Doncs compra-li un qualsevol i que el canviï un altre dia.

TONI. Home... Canviar un regal és molt mal rotllo...
DEPENDENTA. Sí...
ALBERT. Jo no sé si... No sé...
DEPENDENTA. ¿Què?
ALBERT. Potser és una passada...
DEPENDENTA. Depèn...
ALBERT. Potser... si pogués prendre mida de...
DEPENDENTA. ¿Dels meus pits?
ALBERT. Només un moment. Per fer-me'n una idea.
DEPENDENTA. ¿Què dius?
ALBERT. Un segon. Sense intenció. Com si fos un ginecòleg.

La dependenta al·lucina. Mira el seu company per confirmar si és boig.

DEPENDENTA *(al Toni)*. ¿Que ho diu de debò?
ALBERT. Home, sí. Vull fer un bon regal. Un regal que el pugui portar dignament.
DEPENDENTA. ¡És increïble!
ALBERT. Depèn de com es miri. És com anar a comprar, què sé jo, cargols, i abans de comprar els toques per comparar.
DEPENDENTA. Igual. És igual que comprar cargols.
TONI. Vinga, va, no molestis més.
ALBERT. Un moment *(a ella)*. Li fa molta il·lusió que li regali llenceria.
TONI. No. T'ha dit que no vol.
ALBERT. No. No m'ha dit que no vol, m'ha dit que era increïble.
DEPENDENTA. És que ho és.
ALBERT *(a ella)*. Un moment.

La dependenta mira al seu voltant. Respira i accepta entrar en el joc.

DEPENDENTA. ¡Déu meu! Vinga. Va. Un segon.

L'Albert li apama els pits.

DEPENDENTA. ¿Què?
ALBERT. No ho sé.
DEPENDENTA. ¿Més grans o més petits?
ALBERT. No n'estic segur...
TONI. Jo diria que són més grans.
DEPENDENTA. ¿Les d'ella o les meves?
TONI. Les d'ella.
DEPENDENTA. ¿I tu com ho saps?
ALBERT. Va ser nòvio d'ella abans que jo. No sé si seria demanar massa...
DEPENDENTA. ¿Que li deixi tocar?
ALBERT. Sí...
DEPENDENTA. No m'ho puc creure.
ALBERT. Un segon.

El Toni apama els pits de la dependenta.

TONI. ¿Una cent dius que tens...?
DEPENDENTA. Sí...
TONI. Potser sí que les de la Marta són com les d'ella.
DEPENDENTA. Em podeu dir Carme, ja que tenim confiança...

L'Albert apama un pit que queda lliure.

ALBERT. Potser, sí...
TONI. Una cent, sí..
ALBERT. Jo crec que sí.
TONI. I la Marta, també, una cent.
ALBERT. Sí, jo crec que sí.
TONI. Sí, definitiu. Una cent.
DEPENDENTA. Bé, val. Ja n'hi ha prou.
ALBERT. Sí, gràcies, perdó. El que no sé és si comprar-li uns sostenidors.
DEPENDENTA. ¿No?
ALBERT. No... Potser és molt personal...
TONI. Sí, potser sí...
ALBERT. Sí. Bé, no et molestem més. Gràcies per tot.

Els dos es giren deixant la dependenta atònita. Somriuen amb la satisfacció d'haver aconseguit alguna cosa.

TONI. ¡No m'ho puc creure! Ha funcionat.
ALBERT. Ja t'ho havia dit. Si vas amb cara de bona persona aconsegueixes qualsevol cosa... Anem a banyadors que hi ha una tia que està boníssima.

RECICLAR O FOLLAR

Inés i Damià prenen alguna cosa a la taula d'un bar.

DAMIÀ. ¿Què fem? ¿Sopem fora i anem a follar a casa, o sopem a casa i follem directament?

INÉS. Si anem a sopar fora tindrem més temps per follar...

DAMIÀ. ¿Què?

INÉS. Que si sopem a casa després haurem de recollir, si recollim haurem de reciclar... ¡I es perd molt de temps sent ecològica...!

DAMIÀ. ¿Com?

INÉS. Que haurem de separar cada cosa a la seva bossa: les coses orgàniques per un costat, les inorgàniques per un altre, el greix a la seva bossa, el plàstic a la seva bossa, el vidre blanc per un cantó, el vidre verd per un altre, la parafina de les espelmes a la seva bossa, les bateries que es puguin gastar al seu contenidor, el paper per una banda, el cartró per una altra, el paper de plata a la seva bola, les xapes de metall, els taps de suro, les restes de tabac...

DAMIÀ. Prou, prou, no segueixis... Anem a sopar fora i follem tranquil·lament després...

INÉS. Sí, millor...

DONACIÓ

Un noi pel carrer amb una guardiola demana diners com si estigués fent una col·lecta. Les últimes paraules de la frase que va repetint no s'entenen amb claredat.

NOI. Una donació, sisplau, una donació per «nv kgfdjhgfk».

Passa la Bea. El noi li ofereix la guardiola.

NOI. Una donació, sisplau, una donació per «nv kgfdjhgfk».

BEA. ¿Per què?

NOI. Una donació, sisplau.

BEA. ¿Per què?

NOI. «nv kgfdjhgfk».

BEA. ¿Per què?

NOI. Una donació.

BEA. No, la primera part ja l'he entès. És la segona la que no acabo de caçar.

NOI. Una donació per «nv kgfdjhgfk».

BEA. ¿I què és, això?

NOI. Una donació, per una causa bona.

BEA. ¿Quina?

NOI. «L'almoina, quan la faràs, no miris a qui la fas.»

BEA. Jo me'n sé aquell que diu: «Pensa malament i ho encertaràs.»

NOI. ¿Vols fer una donació sí o no? Que tinc molta feina.

BEA. No.

NOI. Doncs tu mateixa amb la teva consciència.

Passa un vianant; el noi no perd l'ocasió de demanar-li.

NOI. Una donació, sisplau.

Passa un altre vianant. La Bea intenta escoltar, però el noi parla inintel·ligiblement i, a sobre, en veu baixa.

NOI. Una donació per «nv kgfdjhgfk» *(a Bea).* M'estàs espantant la clientela.

BEA. ¿Jo?

Passa un tercer vianant.

NOI. Una donació per «nv kgfdjhgfk» *(a la Bea).* ¿Vols marxar?

BEA. No me'n vaig d'aquí fins que no em diguis per què demanes.

NOI. ¿Un altre cop? Ja t'ho he dit. Per «nv kgfdjhgfk». Apa, adéu.

BEA. No t'entenc.

NOI. Per «nv kgfdjhgfk». Adéu, gràcies.

BEA. No t'entenc.

El noi ja no pot més d'aguantar la Bea i explota.

NOI. Per operar-me el nas. ¡Ja està! ¿Contenta? ¿Vols fer una donació, sí o no? Si dius que sí, me'n dónes i adéu, si dius que no, no me'n dónes i adéu, però, sisplau, deixa de fer el corcó.

La Bea canvia de cop i volta el seu posat guerrer i s'interessa pel noi.

BEA. ¿El nas?

NOI. Sí. El nas. El meu nas. Aquesta veleta amb potes, aquest tòtem, aquesta espadanya sense campana, el monòlit al moc, el monument al celibat perquè, amb aquest nas, no hi ha qui lligui... O potser ara faràs la irònica i em diràs que no l'havies vist...

BEA. No, sí, l'havia vist, però...

NOI. ¿Però què?

BEA *(seductora)*. Que és un nas molt maco. Amb molta personalitat.

NOI *(sarcàstic)*. ¡Molta!

BEA. A mi m'agrada...

NOI. ¿Ah, sí?

BEA. Molt.

NOI *(incrèdul)*. ¿De debò?

BEA *(enamorada)*. Em torna boja, em destarota, em podria fer perdre els papers.

NOI. ¿El meu nas?

BEA. Sí...

El noi no vol perdre aquesta oportunitat.

NOI. ¿Què fas, aquesta nit?

BEA. Ser teva.

Es miren tendrament... Decideixen fer-se un petó, però ensopeguen amb el nas.

BEA. ¡Ah!

NOI. ¿T'he fet mal?

BEA. Sí. No, una mica, amb el nas. Res...

Amb més precaucions, es fan un petó que aventura una relació eterna.

Llit rodó

Un llit molt gran. Sota els llençols els moviments típics que han fet que l'espècie humana es desenvolupi. De cop, surt de sota els llençols una dona mig despullada i totalment indignada.

BEA. ¡Prou! ¡Ja no puc més...!
ABEL *(sortint dels llençols).* ¿Què passa?
BEA. ¿Com què passa? ¡Tu diràs!

Surt un tercer de sota els llençols.

CARLES. ¿Què passa?
BEA. ¡L'altre!
CARLES. ¿Què?
BEA. ¡Que això no hi ha qui ho aguanti!
ABEL. ¿El què?
BEA. Perdoneu, però jo tinc uns principis...

Surt una quarta de sota els llençols.

FINA *(sortint).* És veritat. ¡Aquesta situació no es pot aguantar més!
CARLES. ¿Per què? ¿Què hi ha de dolent?
FINA. No, per a tu res, esclar, com que de tu, passa...
ABEL. Va, vinga, tornem-hi, que no és tan greu...

L'Abel fa l'acció de ficar-se sota els llençols, però la Bea explota.

BEA. ¡Oh, si us plau! ¿És que no hi ha ningú aquí que tingui una mica de sentit comú?

Una cinquena surt de sota els llençols.

DIANA *(sortint).* Sí, jo...
BEA. ¿Tu, sentit comú? ¿No ho diràs perquè ets jutgessa?
DIANA. ¡Ja comencem!

Surt un sisè de sota els llençols.

ERNEST *(surt fumant).* Escolteu, no podem estar una mica per la feina i deixar la xerrameca per després...
BEA. No, si no es compleixen les regles...
ERNEST. ¿Quines regles?
BEA. Mira... *(no sap el seu nom).*
ERNEST. Ernest.
BEA. Mira, Ernest, aquí som molt liberals i tot el que tu vulguis, però...
ERNEST. ¿Però què?
BEA. Els mitjons.

CARLES *(mirant sota els llençols).* ¿Duu els mitjons?

Tothom mira sota els llençols i després mira l'Ernest.

DIANA. ¿Però com és possible?
ERNEST *(excusant-se).* Tinc fred...
ABEL. ¿Qui ha portat aquest hortera?
TOTS. Jo no, a mi no em mireu, jo no...

Es produeix el silenci. Tothom mira l'Ernest. L'Ernest els mira a tots i descobreix alguna cosa que no quadra.

ERNEST. ¿Que no ha vingut la Carme?
BEA. ¿Quina Carme?
ERNEST. La Carme Gurbesola...
FINA. Aquí no hi ha cap Carme...
ERNEST. ¿Aquesta és l'habitació 206?
ABEL. 306.

L'Ernest, avergonyit, surt del llit, agafa la seva roba i marxa fora l'habitació.

ERNEST. ¡Ah! Doncs, perdó, eh, em sembla que m'he equivocat de llit rodó... Perdó, eh... Encantat de conèixer-los... A veure si coincidim un altre dia...

Se'n va.

TOTS. ¡Hortera!

Tots es tornen a ficar sota els llençols.

CARLES *(off)*. Organització, organització...

Comprar-se un llit

Una parella follant al llit. Orgasme. La parella surt a la superfície.
Un venedor, sol·lícit, se'ls acosta. Són a un dormitori d'una botiga de mobles.

Venedor. ¿Què? ¿Què els sembla?
Client. Molt còmode. És un llit molt còmode.
Clienta. Sí. Molt. Ens el quedem.
Venedor. Fan molt bona compra. ¿Volen alguna cosa més?
Clienta. Sí, un armari gran...
Client. ¡Ah, sí!

El venedor els assenyala l'armari del costat.

Venedor. ¿Aquest els va bé?
Client. Sí. Aquest mateix.
Clienta. ¿No seria millor que el provéssim?
Client. Sí, tens raó, vinga...

Els dos comencen a fer veure que follen un altre cop. La dona s'atura de cop.

Clienta. ¡Merda, el meu marit!

El client s'aixeca ràpidament i es fica dintre l'armari.

Client. ¡Merda, merda, merda!

El dependent mira atònit la situació. Al cap d'una estona, el client surt de l'armari.

CLIENT. Molt bé. Aquest em va molt bé.
CLIENTA. Doncs també ens emportem l'armari.
VENEDOR *(anotant)*. Perfecte.

ORGASME A LA SAUNA

Tres amigues prenen una sauna. L'Uma està orgasmant, les altres dues se la miren amb curiositat.

UMA. ¡¡¡¡AAAAAAhhhhh!!!!
ÈNIA *(fotent-se)*. ¿Però on vas amb això?
UMA. ¿Què passa?
SALMA. ¿Això és un orgasme?
ÈNIA. ¡Un orgasme o una elefanta camí del cementiri!
UMA. ¿Què passa? A mi em funciona. El meu marit s'ho creu.
ÈNIA. ¡Què t'ha de funcionar! Tu fingeixes i el teu marit fingeix que no s'adona que tu fingeixes...
UMA. ¿Insinues que el meu marit fingeix els orgasmes?
SALMA. Amb mi no.
UMA. ¿Què?????
SALMA. És una broma.

La Salma i l'Ènia es miren i es foten a riure.

UMA *(ofesa)*. A veure. ¿Tu com ho fas?
ÈNIA. ¿Jo? ¡¡¡AAAAAHHHHHH!!!

SALMA. ¡Bah! Si aquest ja no es porta...

ÈNIA. ¿Com que no? ¿Com ho saps?

SALMA. ¿No veieu pel·lícules porno? Ara es porten els orgasmes multiorgàsmics, més rapidets i més intensos...

ÈNIA. Ja. Suposo que deu ser perquè la gent no es cansi i faci zàping...

UMA. ¿Com fan?

SALMA. Doncs... ¡AAAHH!... ¡AAAHH!... ¡AAAHH!... ¡AAAHH!... ¡AAAHH!... Es queden molt més contents...

ÈNIA. ¿Què vol dir «es queden»? ¿El teu marit i qui més?

SALMA *(puntualitzant)*. El «meu marit».

ÈNIA. Sí, ja, tu estàs fingint amb un altre que no és el teu marit.

SALMA. ¡Què va!

L'Uma intenta fingir un multiorgasme.

UMA. ¿Com era? ¡AAAHH!... ¡AAAHH!...

SALMA. No, canviant el ritme... ¡AAAHH!... ¡AAAHH!... ¡AAAHH!...

UMA. ¡No puc, no em sortirà mai...! Jo estic per deixar de fingir i que el meu marit s'acostumi al meu orgasme natural...

ÈNIA. ¿Com és?

UMA. ¡Iiii! ¡Iiii!

ÈNIA. ¿Tu fas iiii! Iiiii!?

La Salma i l'Ènia es miren i es foten a riure.

UMA. Sí. ¿Què feu vosaltres?

ÈNIA. Jo faig... Jo feia... No ho sé. No me'n recordo... Fa

tant de temps que fingeixo per no allargar l'agonia... ¿Com feia? ¡AGHH!, no ho sé, però, per descomptat, no era un iiii! Iiii!

SALMA. Jo, això del iiii! Iiii! ho vaig fer servir quan l'Albert li va agafar per trobar-me el punt G.

UMA. ¿I te'l va trobar?

SALMA. No, ¡què va! Però quan em cansava feia el iiii! aquest i es quedava la mar de content...

UMA. ¿Vosaltres quantes vegades ho feu a la setmana?

ÈNIA/SALMA. ¿Amb el teu marit?

UMA. ¿Què?

La Salma i l'Ènia es miren i es foten a riure.

ÈNIA. És broma. És broma.

Pausa. L'Uma torna a intentar fer el multiorgasme.

UMA. ¡AAAAH! ¡AAAH! No em sortirà mai. ¡AAAH!

SALMA. Deixa-ho estar, dona. Ara no t'hi capfiquis...

ÈNIA. ¿Sabeu que les lleones fan l'amor 150 vegades en tres dies?

SALMA. ¿Què dius? ¡Quina mandra!

Comencen a fingir orgasmes.
A l'exterior de la sauna, un operari, atònit, sent els orgasmes de l'interior. Les dones surten.

ÈNIA. ¿Sabeu per què es diu fer l'amor? Perquè s'ha de tenir un cor molt gran per no deixar-los en ridícul...

Riuen.

UMA. ¿Les lleones també deuen fingir?
SALMA. Jo què sé.

L'operari mira, atònit, com se'n van.

SILICONA

A una terrassa, dos nois joves, el Durrell i el Iu, fullegen revistes per a dones.

DURRELL. Mira, per allà ve l'Aina. Ja ho veuràs, no falla mai.
IU. Va, home, va...
DURRELL. ¿Què t'hi jugues?
ACME. Deu mil peles.

Arriba l'Aina.

AINA. Hola.
TOTS DOS. Hola... ¿Com va, això?...
AINA. ¿Què feu?
DURRELL. Aquí, mirant pits siliconats.
AINA. ¿Qui porta silicona?
DURRELL. Totes. Si no porten silicona als pits, en porten als llavis...
AINA *(mirant la revista)*. A veure...
DURRELL. Sí... No. Si a mi ja m'està bé. A mi m'agrada. ¿No, tu?
IU. Sí, sí...

DURRELL. Jo no tinc res en contra dels pits operats. A tu mateixa et queden molt bé.

AINA. Jo no porto silicona.

DURRELL. Sí. Ja... ¿Però per què no ho dieu tranquil·lament? Si als tios no ens importa, al contrari...

AINA. Jo no porto silicona.

DURRELL. Va, vinga. No pot ser que siguin teus.

AINA. De tota la vida.

DURRELL. No són de debò. No n'hi ha, de tan perfectes. Fas conya.

AINA. Que us dic que són meves.

DURRELL. Bé. Sí, val, molt bé. ¿Vols prendre alguna cosa?

AINA. ¿No t'ho creus?

DURRELL. Esclar que no.

L'Aina, ofesa, té una idea resolutiva i treu pit.

AINA. Té. Toca'm.

DURRELL. ¿Jo? ¡Què va, què va! ¡Què dius!

AINA. Que em toquis et dic.

DURRELL. ¿Aquí al mig? ¡A veure si semblaré un d'aquells sortits!

AINA. ¡Que toquis!

El Durrell li toca els pits. Primer un, després els dos.

DURRELL. ¡Hosti! És veritat. Són de debò.

IU. ¿Puc?

AINA. Esclar.

El Iu també li toca els pits amb molt d'interès.

IU. És veritat. Són autèntiques.
DURRELL. ¿Qui ho havia de dir? ¡Tan perfectes!
AINA. Això és natural cent per cent. I per molts anys.

Deixen de tocar els pits.

DURRELL. Si no ho veig, si no ho toco, vull dir, no m'ho crec.
IU. ¡Increïble! Felicitats.
AINA. Gràcies.
DURRELL. I perdona per haver dubtat de tu... *(a Iu, intencionat).* Escolta. ¿Tu no em devies deu mil peles?
IU. ¡Ah, sí!

El Iu treu el bitllet mentre miren els pits de l'Aina, que sembla molt orgullosa dels seus atributs.

AINA. Operades. Quina ximpleria...

UNA PARELLA COMPRENSIVA

Una parella és al llit fent l'amor. Gran moviment sota els llençols.

CARME. Ohhh... Mmmm... Així, així amor meu... Axíii...
RAMON. Ets única... Aaaaahhhhh...

S'obre la porta de l'habitació i entra un home —cartera de mà, traient-se la corbata— que s'apropa a la noia per fer-li un petó.

MARIT. Hola, carinyo...

El Ramon queda perplex. Intenta tapar-se, perquè no el vegin.
En off *se senten nens jugant.*

MARIT. He anat a buscar els nens a l'escola.
CARME. ¡Ah, perfecte! Ja patia perquè a mi m'anava malament... Ja veus com estic d'enfeinada.
MARIT. ¡És que tu també no mires horaris ni res!
RAMON *(al llit, perplex, a la Carme).* Pe... però, ¿que ho sap?
CARME *(al Ramon).* Ara estic per tu, amor...
MARIT. El sopar dels nens... ¿El preparo...?
CARME. Sí. Només s'ha d'escalfar...
MARIT. Molt bé... *(al Ramon).* Bon vespre...

El Ramon no sap com reaccionar.

RAMON. Ho... ho... ho... ho... hola... ¿Com va tot? Ehem...

El marit surt de l'habitació. L'home es posa histèric i comença a cridar en veu baixa.

RAMON. Però... no entenc res... ¿El teu marit sap això nostre?
CARME. ¡Esclar... no és idiota!
RAMON. ¿I no diu res?
CARME. ¿Què vols que digui? Vinga, tornem-hi.

La Carme l'abraça, però l'home es desfà neguitós.

RAMON. No puc, ara no puc... Però és que... ¿Ho has vist? Ni m'ha insultat... ni un cop de puny... res de res...

CARME. ¿Què volies que fes? ¿Que et muntés el numeret?

RAMON. ¿Practica el ioga? ¿La relaxació? ¿O és que sap que els hippies ja no estan de moda...?

CARME. Mira, Ramon... si l'enganyés, segur que acabaria sospitant alguna cosa, entraríem en el rotllo que si l'enganyo, que si m'has traït... contractaria un detectiu privat que li costaria una pasta. Hauríem de separar-nos, un dineral en advocats... No val la pena. És millor estalviar disgustos i, de passada, estalviar diners. Va...

La Carme torna a intentar reprendre els jocs sexuals.

RAMON. ¿Estalviar? No entenc res.

CARME. Tot el que ens estalviem no enganyant-nos, ho destinem als nostres fills, que tinguin millors estudis... Perquè és molt important l'educació dels fills, ¿no creus?, que, si no, després es traumatitzen. Vinga, va. Estiguem per la feina.

El Ramon surt del llit, es mig vesteix ràpid i se'n va corrent.

RAMON. No pot ser... ¿Estic somiant? ¿Estic borratxo...? ¿Hi ha una càmera oculta?

CARME. ¿Ara què t'agafa?

RAMON. Res. Adéu.

Entra el marit remenant un pot de sopa que porta a les mans.

MARIT. ¿Què li ha passat?

CARME. Que és un mentider i un impresentable... Preferia que t'enganyés i que ens gastéssim una fortuna en detectius i advocats...

MARIT. ¿Què dius? No et pots refiar de ningú... ¿Sopes amb nosaltres, llavors?

CARME. Quin remei.

Lligant

Lligar endevinant

A la barra d'una discoteca, Lucio, got en mà, repassant el material femení disponible, descobreix la Malena; l'estudia uns segons i decideix apropar-s'hi. Quan està just davant d'ella, a punt de parlar-li, la Malena, fastiguejada, el para.

Malena. Sí, si ja ho sé: «Fa estona que t'estic mirant i no puc apartar els ulls de tu, ¿et puc convidar a una copa?»

Lucio. Doncs sí, i suposo que tu em diràs: «Ja estic bevent, espero el meu nòvio i deixa'm en pau.»

Malena. Exacte. Ara ve quan tu em dius que no ets gelós.

Lucio. I tu dius que ell sí que ho és.

Malena. Llavors tu marxes pensant: «Merda, avui tampoc mullo.»

Lucio. I tu penses: «Merda, ¿per què sóc tan reprimida?»

Malena. Sí... està tot escrit.

Tots dos es miren decebuts per ser víctimes de tantes i tantes experiències dolentes. De cop, el Lucio, torna a tenir un bri d'esperança.

Lucio. Escolta... ¿Podem tornar a començar?

MALENA. Sí.
LUCIO. Hola, vull anar al llit amb tu.
MALENA. ¡Coi, em pensava que no m'ho demanaries mai!

I sense més prolegòmens, es fan un petó passional.

FEMINISTES

Tres amigues són al departament de llenceria d'uns grans magatzems remenant un aparador de calces mentre parlen (malament) dels homes.

DIANA. ¡Els homes...!
ROSA. ¿Sabeu què volia fer, el Ramon, la setmana passada? ¡Em volia pagar el sopar!
ANNA. ¿Però en quin món es pensen que vivim?
ROSA. ¡Com si jo no em guanyés bé la vida!
ANNA. Els homes...
DIANA. Això és el que som per a ells, unes mantingudes.
ANNA. Ja ho pots ben dir.
ROSA. I, quan vam sortir del restaurant... *(avergonyida)*, ¡em va obrir la porta!
ANNA *(esgarrifada)*. ¡No pot ser!
DIANA. ¿Vols dir que no ho vas entendre malament? Potser la porta es va encallar...
ROSA. No, no, sé molt bé el que va passar. Estàvem a punt de sortir, ell va obrir la porta i la va aguantar oberta, esperant que jo passés...
ANNA. ¿I vas passar?

ROSA. ¡Esclar que no! ¡Tinc la meva dignitat, jo!
DIANA. ¿I què vas fer?
ROSA. ¡Li vaig tancar la porta als nassos, això és el que vaig fer!
ANNA. ¡Molt ben fet!
DIANA. ¡Així m'agrada!
ROSA. ¡«Sóc una dona, no una inútil», li vaig dir, «i puc obrir una porta jo soleta»!
DIANA. ¡Es pensen que no podem fer res sense ells!
ANNA. ¡Es creuen els reis del món!
ROSA. ¡Són uns prepotents, uns creguts, uns babaus, uns cagacalces!
TOTES. ¡Els homes...!
ROSA. I això no és tot...
DIANA. ¿No em diguis que encara n'hi ha més...?
ROSA *(avergonyida)*. El Ramon... el Ramon...
ANNA. ¡Digues...!
ROSA. ¡No ho puc dir, no m'hi veig amb cor!
DIANA. ¡A nosaltres ens ho pots explicar...!
ANNA. ¡Som les teves amigues!
ROSA. El fet és que plovia, i ell... ¡em va oferir el seu paraigua!
ANNA. ¡¡¿¿Què??!!
DIANA. ¡Es pensen que vivim a l'edat mitjana!
ROSA *(plorosa)*. ¡Per a ell és molt fàcil! Si es refreda, qui el cuida, ¿eh? ¡Servidora!

Apareix el Ramon, que s'apropa a la Rosa.

RAMON. Rosa, per fi...
ROSA *(esgarrifada)*. ¡¿Ramon, què hi fas, aquí?! ¡Porta mala sort veure'ns la nit abans de la boda!

RAMON. Em tenies preocupat, com que trigaves tant a...

La Rosa dóna una sonora bufetada al Ramon, que queda astorat, amb la mà a la galta.

ROSA. ¿Ho veieu? ¡El pego i ni s'immuta...! ¡Esclar, com que encara es pensa que els homes no ploren...!

ANNA. Tots són iguals...

DIANA *(menyspreadora).* Els homes...

PITS

Un pare i un fill miren la platja des del passeig marítim. El pare va assenyalant noies que estan fora de camp.

PARE. Aquella d'allà és el pit pera. ¿La veus?

FILL. Sí...

PARE. I la noia que hi ha al seu costat...

FILL. ¿Quina?

PARE. La que estén la tovallola.

FILL. Sí...

PARE. Aquella té el pit truita.

Passa la Matilde per darrere d'ells i s'adona del que estan parlant.

PARE. Aquella que surt de l'aigua ¿quin pit té?

FILL. Eeeeeh...

PARE. Vinga, que sí que ho saps...
FILL. Pit guenyo.
PARE. ¿Per què?
FILL. Perquè cadascuna mira cap a un costat.
PARE. Molt bé.
MATILDE *(incrèdula)*. ¿Li està ensenyant els tipus de pits?
PARE. Sí. I va molt avançat *(assenyalant els pits de la Matilde)*. ¿Aquestes?
FILL. Pits càntir.
PARE. Molt bé.
MATILDE. ¿Com s'atreveix?
PARE. Home. Això encara no està prohibit. Bé, no he llegit el diari d'avui, però em sembla que els homes encara podem posar noms als pits. ¿Aquella del tanga?
FILL. Pit síndria.
PARE. Molt bé.
MATILDE. ¿Aquesta és l'herència cultural que li pensa donar al seu fill?
PARE. Escolti. Estàvem aquí, la mar de tranquils, sense ficar-nos amb ningú, i ha de venir algú a tocar-nos els pebrots.
MATILDE. Vigili amb el que diu que hi ha roba estesa.
PARE. És el meu fill. No tenim secrets entre homes.
MATILDE. ¿Per a què serveix que les dones faci segles que lluitem per no ser considerades objectes sexuals?
PARE. Algunes són considerades objectes sexuals; d'altres, i ho deu saber per pròpia experiència, són considerades simples objectes.
MATILDE. ¿Com s'hi atreveix?
PARE. ¿Com s'hi atreveix vostè? ¿Fins on voleu arribar? Ja no podem llançar floretes a les dones, ja no podem mirar fixament res...

El fill veu alguna cosa de lluny. Sembla preocupat.

FILL. Papa...

PARE. ¡L'home és un animal! Un animal que han educat per comportar-se, per reprimir-se. I està bé, no ho nego. No podem anar pel món tirant-nos tot allò que ens agradaria tirar-nos...

FILL. Papa...

PARE. La nova dona, entre cometes, ens està tallant les ales. Ens reprimeixen mentre que elles —les que poden ser objectes sexuals, esclar— cada dia es despullen més i més, com si ens posessin a prova...

El nen segueix mirant l'horitzó. Estira la camisa del pare amb insistència.

FILL. Papa...

PARE. Sí, ara, espera't un moment... *(a la Matilde)*. Ja no podem fer res que estigui malament o que sigui políticament incorrecte. ¿Ara què més voleu? ¿Ficar-vos en les nostres converses? ¿Ja no podrem fer comentaris masclistes en privat perquè ens gravareu les converses amb satèl·lits espies? ¿Fins on voleu arribar? ¿Voleu que acabem en granges només dedicats a la reproducció, per inseminació artificial, esclar? ¿És això el que voleu? ¿És això?

FILL. Papa...

PARE. ¿Què vols?

FILL *(assenyalant)*. La mama.

PARE. ¿La mama?

Efectivament, arriba la mama.

MARE. ¿Què feu aquí?

PARE *(acollonit)*. Res.

MARE. ¿Un altre cop amb la tonteria de posar noms als pits?

PARE. No.

La mare els dóna una clatellada.

MARE. Vinga, passeu tots dos cap al cotxe *(a la Matilde)*. ¿L'han molestada?

MATILDE. No, no...

MARE. M'estranya.

Les dues noies miren com pare i fill se'n van.

MATILDE. Si m'ho permet... el seu marit té un cul poma la mar de suggeridor...

MARE. Gràcies...

SINÒNIMS

Dues noies esmorzen a la barra d'un bar. Una d'elles veu algú de lluny i intenta amagar-se.

AÏDA. ¡Oh, no!

ZOÈ. ¿Què passa?

AÏDA. El catedràtic de filologia catalana... ¡Merda! ¡M'ha vist!

ZOÈ. ¿I què?

Arriba el catedràtic.

CATEDRÀTIC. Bon dia...

AÏDA. Bon dia...

CATEDRÀTIC. Filustro que prelibacioneu el dia de folga. («Veig que esteu gaudint del dia de festa.»)

L'Aïda no entén res i es limita a fer un somriure de circumstàncies.

AÏDA. Sí...

CATEDRÀTIC. I entrellusco que esteu fent una bocinada. («Esteu esmorzant.»)

AÏDA *(no entén res i somriu)*. Sí...

CATEDRÀTIC. ¡Vatua! Esteu traient el ventre de guerxesa. ¿Què us esteu embocant? ¡Caraina! Ja clisso, la tresca i la verdesca... («Carai, quin tiberi. ¿I que mengeu? ¡Ah! ¡Ja ho veig! ¡Una mica de tot!»)

AÏDA *(no entén res i somriu)*. Sí...

CATEDRÀTIC. Bé, m'arrumbo cap a... enlloc, de fet vaig a raure... («Bé, me'n vaig a, de fet, enlloc, sense rumb.»)

AÏDA *(no entén res i somriu)*. Sí...

CATEDRÀTIC. A reveure.

AÏDA. Adéu, adéu...

El catedràtic marxa. La Zoè, que també havia estat amb el somriure congelat, s'adreça a l'Aïda.

ZOÈ. No he entès res. ¿Què ha dit?

AÏDA. No en tinc ni idea. Un dia li vaig dir, per fer-li la pilota, que m'agradava fer servir els sinònims, i ara em sembla que se'm vol lligar així...

ZOÈ. Doncs ho té «grenyal»...
AÏDA *(no entén res).* ¿Què?
ZOÈ *(aclarint-li-ho).* Que ho té cru... cru...

CONFESSIÓ DE NUVIS

La Clàudia i l'Òscar intimen mentre prenen una copa a la barra.

ÒSCAR. ¿Saps el que més m'agrada de tu?
CLÀUDIA. ¿Què?
ÒSCAR. La sinceritat. Les noies que havia conegut fins ara sempre estaven amb mentides, amb artificis... En canvi, tu...

La Clàudia, que de cop sembla avergonyida, el talla.

CLÀUDIA. Un moment. No vull que hi hagi malentesos entre nosaltres. Abans que continuïs, et vull confessar una cosa...
ÒSCAR. Molt bé, digues...
CLÀUDIA. No tinc vint-i-tres anys, en tinc trenta-sis. Ja està, ja ho he dit.
ÒSCAR. Vaja... Doncs jo també he de ser sincer amb tu. No sóc economista, sóc crític de teatre.

A la Clàudia no sembla agradar-li gaire.

CLÀUDIA. De fet, jo tampoc no sóc perruquera. Sóc inspectora d'hisenda.

L'Òscar supera aquesta nova notícia.

ÒSCAR. I jo no estic solter sense compromís, estic casat i... tinc tres fills. I no visc a Lleida, sinó a Valldoriolf.

CLÀUDIA. Bé, posats a dir la veritat, això que porto és perruca.

ÒSCAR. Doncs aquesta dentadura no és meva, vaig tenir un petit accident domèstic i... *(resolutiu)*. Si ho vols deixar córrer, ho entendria...

CLÀUDIA. Òscar, ¿et penses que tot això m'importa? Jo t'estimo...

ÒSCAR. ¿Ho veus? ¡Sinceritat, aquesta és la gran virtut!

CLÀUDIA. És que jo penso que és millor anar amb la veritat per davant. Perquè, ¿què en treus, d'enganyar l'altre, eh?

ÒSCAR. Tens tota la raó, Clàudia.

CLÀUDIA. No em dic Clàudia, em dic Visitación.

ÒSCAR. Visitación... Bé, jo tampoc no em dic Òscar, el cert és que em dic Tomàs...

CLÀUDIA. Tomàs, quin nom més maco...

Tímidament es fan un petó.

Una parella previsora

L'Olga arriba a la barra d'una discoteca i encarrega dues copes a un cambrer. Arriba el Jaume, dissimuladament fa una repassada a l'Olga i decideix apropar-s'hi amb el truc del «seient ocupat».

Jaume. ¿Està ocupat?
Olga. Sí... per tu...

El cambrer arriba amb les dues begudes, en posa una a l'Olga i l'altra al Jaume.

Jaume. ¡No em diguis que m'havies demanat beguda!
Olga. Sí...
Jaume. Vaja... Veig que ets molt previsora...
Olga. ¿Et molesta?
Jaume. ¡Nooo! Precisament portava això a la butxaca per si de cas trobava algú com tu...

El Jaume treu un anell de compromís.

Olga. ¡Oh! És preciós... d'això... *(no sap el nom).*
Jaume. Jaume. Jaume Nadal.
Olga. Olga Carbó.

L'Olga agafa una bossa gran i comença a remenar el seu interior: va traient diferents llençols enfundats fins que en tria un —amb unes inicials O-J brodades— que ensenya al Jaume.

JAUME. ¿Què és?
OLGA. O, J, les nostres inicials. ¿T'agraden?
JAUME. ¡Quins llençols més macos!
OLGA. Vaig fer-me brodar una O d'Olga amb totes les lletres de l'abecedari. Com que no sabia com et diries...
JAUME. Esclar...
OLGA. També tinc tovalloles, i mocadors...
JAUME. Un moment...

El Jaume busca algú per la discoteca.

JAUME. ¡Pare!

Un capellà s'apropa a la barra.

CAPELLÀ. El senyor sigui amb vosaltres...
JAUME. I amb el seu esperit... Olga, et presento el pare Badia. Sempre m'acompanya, per si de cas arriba l'hora de fer un cop de cap...
OLGA. ¡Ah, quina casualitat! Precisament jo em faig acompanyar sempre per dos testimonis. ¡Carme, Pere!

La Carme i el Pere s'apropen.

CARME. Hola...
PERE *(a l'Olga)*. ¿Ja l'has trobat?
OLGA. Sí...

El Pere i el Jaume es donen la mà.

CAPELLÀ. Així què, ¿comencem?

Al Jaume li vénen les presses i mira el rellotge.

JAUME. Ui, impossible... He d'anar a veure un parell de parvularis abans de les sis *(a l'Olga)*. ¿Véns?
OLGA. No, no puc, he de passar per ca l'advocat per avançar una mica els tràmits de la separació...
JAUME. Ah, molt bé, jo em quedo el cotxe...
OLGA. I jo la casa, ¿no?
JAUME. Sí, fantàstic, i jo el gos.

En sentir aquest assumpte del gos, l'Olga es creua.

OLGA. ¡Ah, no! ¡El *Pitu* me'l quedo jo!
JAUME. ¡Me'l quedo jo!
OLGA. ¡De cap manera, el *Pitu* és meu!
JAUME. ¡Per aquí sí que no hi passo! ¡Anem, pare!

El Jaume, molt ofès, marxa seguit del pare. L'Olga comença a plorar. La Carme i el Pere la consolen.

CARME. No t'ho prenguis així, dona...
OLGA. ¡Perquè m'he estalviat catorze anys de matrimoni, que si no...!

Cita a cegues

Una parella en una barca enmig de l'estany. Ella rema, ell sembla molt acollonit.

MANEL. ¿Tu creus que cobreix?
OLGA *(amb molta paciència)*. No ho sé...
MANEL. ¿Saps nedar?
OLGA. Sí...
MANEL. ¿Com per arribar a la vora?
OLGA. Psssí...
MANEL. ¿Tu creus que ja hem fet la digestió?
OLGA. Jo crec que sí...
MANEL. Encara que, de fet, es veu que et mors del contrast entre la temperatura del cos i la de l'aigua... ¿Tu creus que deu estar molt freda?
OLGA. No ho sé, fica-hi la mà.
MANEL *(espantat)*. ¿Jo? ¡Estàs boja! ¡Hi pots agafar qualsevol cosa, aquí!
OLGA. ¿Aquí?
MANEL. ¿No veus quin color que té? Segur que està contaminada.
OLGA. Els ànecs bé que neden...
MANEL. Els ànecs són mecànics...
OLGA. ¿Mecànics?
MANEL. Va sortir fa poc a la premsa, els indigents se'ls menjaven i en van col·locar uns de mecànics que van amb bateries...

L'Olga comença a estar farta.

MANEL. ¿Això no bolcarà?

OLGA. Noooo...

MANEL. ¿I si ens envesteixen?

OLGA. No veig per què.

MANEL. Perquè hi ha molt graciós d'aquells que es volen fer l'home davant la novieta... Si caiem, de totes maneres, no crec que poguéssim intentar res, no... Quedaríem atrapats pel fons marí...

OLGA. Això és un estany.

MANEL. Doncs pel fons «estanyí». I un cop atrapats, esclar, seríem presa fàcil de les piranyes d'aigua dolça...

OLGA. Totes les piranyes són d'aigua dolça... A més, aquí no hi ha piranyes.

MANEL. ¿Com ho saps? ¿No veus que som al costat del zoo? Pot estar ple d'espècies tropicals, això... *(li pica un mosquit).* ¡Ah! ¿Què era, això? ¿L'has vist? Era com un mosquit però de color violeta... ¡Ahh! Segur que tot això està ple d'espècies que s'han adaptat al medi ambient... ¿No has sentit parlar mai dels cocodrils albins de les clavegueres de Nova York?

OLGA. ¡Sí, home!

MANEL. ¡T'ho estàs prenent molt a la broma!

L'Olga deixa de remar, agafa un diari i llegeix.

OLGA *(sospitant).* Escolta... ¿Segur que tu ets el Manel Referència B-132?

MANEL. Sí...

OLGA. «Busco noia per compartir l'aventura de la vida.»

MANEL. Sí...

OLGA. «M'agrada la natura, la muntanya, navegar...»

MANEL. Sí... Però home previngut, val per dos...

OLGA. Ja...

MANEL. I estem aquí, navegant en un bot que ni tan sols hem comprovat que estigués bé, sense salvavides, ni bengales d'emergència, ningú ens ha demanat si sabíem navegar, ningú no ens vigila...

La barca, per l'impuls, dóna un cop contra l'embarcador.

MANEL *(aferrat a la barca)*. ¡Ja està! ¡Ja ens han tocat! ¡Ja t'ho deia jo, que vindria algun graciós malparit d'aquests!

L'Olga, mentrestant, ha baixat de la barca.

MANEL. Tranquil·la, Olga, tranquil·la... Ho tinc tot controlat...

L'Olga dóna una empenta amb el peu a la barca, que s'endinsa en l'estany, i se'n va mirant, alleujada, el Manel.

MANEL *(desesperat)*. ¿Olga? ¿Què fas? ¿Olga? ¿No em deixaràs aquí? ¿Olga? ¿Olga?

EL COTXE QUE PARLA

Una parella arriba davant un cotxe aparcat. El noi fa anar el comandament a distància de la porta.

HELENA. ¡Quin cotxe més nou!

MIQUEL. Sí, l'estrenes tu...

HELENA. ¿Jo? ¡Quina ilu!

Ella entra primer al cotxe. Ell comprova que porta condons a la butxaca de la jaqueta i entra. El cotxe comença a parlar amb veu mecànica.

COTXE. La porta ha quedat oberta, Miquel.
HELENA *(al·lucinada)*. ¿Aquest cotxe parla?
MIQUEL. Psssí. És l'últim model.
HELENA. ¿I et diu pel nom?
MIQUEL. Sí, bé. L'has de programar...
COTXE. Temperatura interior, 25 graus, Miquel.
HELENA. ¡Quina passada!
MIQUEL. Ara ho veuràs.

El Miquel toca un botó.

COTXE. Posició actual. Barcelona port. Per favor, Miquel, selecciona destí...
MIQUEL. ¿Casa meva o casa teva?
HELENA *(coqueta)*. Meva, que el camí de casa teva ja el deu conèixer...
COTXE. GSM en funcionament. Coordenades establertes. ¿Inici del trajecte, Miquel?
MIQUEL. Afirmatiu...
COTXE. ¿Activo el sistema d'àudio, Miquel?
MIQUEL. Negatiu.
COTXE. El pròxim carrer a l'esquerra, Miquel.
HELENA. ¡Quina passada! ¡Un cotxe intel·ligent! Està bé, això, almenys que quan un tio porti el cotxe hi hagi algú que pensi...
MIQUEL. Molt graciosa.

COTXE. ¿Com es diu la teva acompanyant?
HELENA. ¿Sap que portes acompanyant?
MIQUEL. Hi ha uns sensors al seient que activen un escàner de veu... *(al cotxe).* Es diu Helena.
COTXE *(estranyat).* ¿Helena?
MIQUEL. Afirmatiu.
COTXE *(sorolls informàtics).* ¿Helena?
MIQUEL. Afirmatiu.
COTXE. ¿Aquesta és la mateixa Helena d'ahir?
HELENA *(mosquejada).* ¿Quina Helena?

El Miquel comença a tocar pius per aturar el dispositiu de parlar.

MIQUEL. Res. S'ha equivocat. És un sistema que encara està en prova...
COTXE. L'Helena d'ahir m'agradava més...
HELENA *(emprenyada).* Para aquí mateix...
MIQUEL. No, Helena...
HELENA. ¡Que paris!
COTXE. I no cridava tant.
HELENA *(mosquejada).* ¡Que paris!

L'Helena baixa del cotxe.

MIQUEL. Helena, Helena... ¡Merda!
COTXE. ¿És una impressió meva, Miquel, o potser li cantava l'alè?

QÜESTIONARI

El Joan està recolzat a la barra d'una discoteca buscant on tirar la canya. Per darrere d'ell s'apropen l'Emma i la Yolanda, totes dues de molt bon veure. La Yolanda, seductora, s'acosta al Joan; l'Emma es queda discretament en un segon terme.

YOLANDA. Hola... ¿Com et dius?

El Joan es tímid i es posa una mica nerviós.

JOAN. Joan.
YOLANDA. ¿Quants anys tens?
JOAN. Vint-i-quatre.
YOLANDA. Mmm. ¿I véns molt per aquí?
JOAN. Doncs sí. Bastant sovint.

El Joan no està acostumat que les noies se li acostin i no és capaç d'iniciar cap conversa.

YOLANDA. ¿Estudies o treballes?

El Joan fa un insert de la minifaldilla de la Yolanda. Comença a suar...

JOAN. Est... tudio...
YOLANDA. ¡Ah, que interessant...! ¿On vols que quedem, a casa meva o a casa teva?
JOAN *(molt nerviós i emocionat)*. ¡¡¡On tu vulguis!!!

EMMA. No. Això no ho pots contestar...

El Joan descobreix l'Emma, que està darrere seu amb un bloc mida foli i un boli a la mà.

JOAN. ¿Com?

EMMA. Has de contestar una de les dues opcions. ¿Veus?

Li ensenya un qüestionari que està omplint. El Joan, que no entén res, busca suport en la Yolanda.

YOLANDA. S'ha de posar una creueta en el quadret on posa «Casa de l'enquestat» o en el que posa «Casa de l'altre».

JOAN. ¡Eh...! Doncs... a casa meva.

YOLANDA. Moltes gràcies.

La Yolanda perd l'interès pel Joan de cop.

YOLANDA *(a l'Emma)*. ¿Què... anem?

JOAN. ¿Però... què és això?

EMMA. Una enquesta per un estudi sociològic. L'hem de fer així, perquè, si no, els tios no volen contestar.

JOAN. Però...

YOLANDA. Per cert, ¿sabies que el 83 per cent dels nois que van a discoteques són estudiants, fidels a la mateixa discoteca, prefereixen fer-ho a casa seva i que el cent per cent van més cremats que una xemeneia?

JOAN. Ah, doncs no ho sabia... Però m'ho temia. Escolta, ¿anem a casa meva o què?

El Joan intenta abraçar-la. La Yolanda no ho permet.

YOLANDA. ¿Però què dius? Ja t'he dit que només era una enquesta.
JOAN. Ja, però... ¿No t'agrado?
YOLANDA. No.
JOAN. ¿I a tu?
EMMA. La veritat és que no gaire. Adéu.

El Joan queda destrossat. Arriba la Lídia i, amb un somriure càndid, s'adreça al Joan.

LÍDIA. Hola, ¿com et dius?
JOAN *(marxant)*. ¡Vés a cagar!

Botigues

Viatges hipnosi

Agència de viatges. Un ionqui davant la dependenta, l'Úrsula.

Ionqui. ¿Haixix?
Úrsula. No...
Ionqui. ¿I èxtasi?
Úrsula. No...
Ionqui. ¿Cocaïna? ¿LSD? ¿Cavall?
Úrsula. No...
Ionqui. ¿No teniu cap tipus de droga?
Úrsula. No...
Ionqui. ¡Quina merda d'agència de viatges!

El ionqui marxa i seu el Jaume, un individu molt picallós.

Jaume. Bona tarda. ¿Tenen viatges al passat?
Úrsula. ¿Què vol dir? ¿A una cultura primitiva o a un espai preservat com Praga o Venècia...?
Jaume. No, no, al passat. Al meu passat.
Úrsula. Home, no...
Jaume. A fora hi diu: «Si no troba el seu viatge, consulti a l'interior...»

Úrsula. Sí, ja, però...
Jaume. Jo vull un viatge al passat... ¿Pot ser?
Úrsula. Home, no ho sé...

L'Úrsula li segueix el corrent.

Úrsula. Sí, potser sí, amb la hipnosi... Amb la hipnosi es pot reviure el passat...
Jaume. Molt bé.
Úrsula. Nosaltres no ho toquem, però, si vol, l'hi puc mirar...
Jaume. Perfecte. ¿Quan puc sortir?
Úrsula. Depèn. ¿On vol anar?
Jaume. A quan tenia vint anys.

L'Úrsula comença a fer anar l'ordinador.

Úrsula. A veure què trobem... ¿I per què, si es pot fer la pregunta, vol anar a aquella època?
Jaume. Perquè, encara que em trobo bé i sóc relativament feliç, crec que va ser la millor època de la meva vida... Era una esponja àvida de coneixements, d'experiències, tenia una autoestima a prova de ridículs que em permetia lligar sense problemes, encara vivia la Rosita...
Úrsula. Ja...
Jaume. Sense comptar que la gent era més educada, no hi havia aquest problema del soroll a les ciutats, la violència...
Úrsula. Bé, suposo que hi havia altres problemes...
Jaume. Segur, però em sembla que eren millors que els d'avui. No sé, almenys vull comprovar-ho...

L'Úrsula va anotant coses que llegeix de l'ordinador i dóna el paper al Jaume.

ÚRSULA. Aquí té un primer pressupost...

JAUME. ¡Caram! No pensava que fos tan car...

ÚRSULA. És que estem parlant d'un viatge de bastants anys...

JAUME. Ja, ja... ¿I no fan descomptes per grups?

ÚRSULA. ¿En hipnosi?

JAUME. A la tele he vist que els hipnòtics aquests fan hipnosis col·lectives...

ÚRSULA *(traient-s'ho de sobre)*. ¡Ah, sí! Es podria mirar, però els altres viatgers els hauria de portar vostè, perquè no ens el demanen gaire, aquest tipus de viatges...

JAUME. Molt bé. Doncs ja tornaré...

Se'n va el Jaume i seu la Glòria.

ÚRSULA. ¿Què volia?

GLÒRIA. Preparar un viatge al més-enllà.

ÚRSULA. No, la funerària és la botiga del costat.

GLÒRIA *(marxant)*. ¡Ah, perdoni!

L'Úrsula, esbufegant desesperada, s'adreça a la seva companya.

ÚRSULA. Porto un dia avui...

El cotxe ratllat

Una botiga de cotxes. Una parella miren extasiats el cotxe nou que s'acaben de comprar.

Clienta. ¡Quina emoció! ¡Un cotxe nou...!
Client. Aquest ha de dormir en garatge, que si ens el ratllen...
Clienta. ¡I tant! És maquíssim...
Client. ¿El vols estrenar tu?
Clienta. ¿Jo? Calla, calla... ¿I si el ratllo?

Arriba el venedor amb uns papers de cotxe.

Venedor. Ja els tenim aquí... Els papers provisionals del cotxe, l'assegurança, l'impost de circulació... I les claus...
Clienta. ¡Quina emoció!

El venedor agafa les claus i, davant la mirada atònita dels clients, ratlla tot el lateral del cotxe.

Venedor. ¡Ja està! ¡Tot seu!
Client. ¿Què fa?
Venedor. ¿Eh? ¡Ah! La primera ratllada.
Clienta. ¿Què?
Venedor. Sí, sempre ho fem. Així s'estalvien tot el patiment de les primeres setmanes, que si me'l ratllen, que si no me'l ratllen...
Client. Però...
Venedor. Sí, ja, la primera ratllada sempre sap greu...

Però ara ja està feta... Apa, a gaudir del cotxe sense pors... ¡Felicitats!

El venedor dóna la mà als clients bocabadats i marxa.

Un camaleó en forma

Botiga d'animals. El Sebas s'acosta a una venedora que tragina amb gàbies d'ocells diversos.

VENEDORA. ¿Què volia?
SEBAS. Sí, una mascota, una mascota que no doni gaire feina...
VENEDORA *(fent broma)*. ¿Tipus formiga?
SEBAS *(no l'agafa)*. Bé... no... alguna cosa més vistosa...

La venedora mira amb complicitat la seva companya: sembla que ha trobat un «d'aquells clients». Comença el joc.

VENEDORA. Miri, que sigui vistós i espectacular, hi ha el camaleó...
SEBAS. Ui, no ho sé, aquests animals em fan fàstic.

La venedora l'acompanya a un costat de la botiga on hi ha una gàbia amb dos lloros.

VENEDORA. ¡Miri si no és maco!

SEBAS. M'ha dit un camaleó, no pas un lloro.

VENEDORA. Sí, ja, el lloro és el de l'esquerra, el de la dreta és un camaleó que ha adoptat la forma de lloro.

SEBAS. ¿De debò?

VENEDORA. Sí, esclar, no el veu perquè es camufla. ¿Vostè no sap que els camaleons adopten el color del seu entorn? És invisible, ¿oi?

SEBAS. Sí...

VENEDORA. Aquí en tenim un altre.

La venedora assenyala dos telèfons que hi ha sobre la taula.

SEBAS. ¿On? Semblen dos telèfons...

VENEDORA. ¿Quin d'aquests dos telèfons diria que és un camaleó que ha adoptat la forma d'un telèfon?

SEBAS. No ho sé, així a primera vista...

El Sebas s'hi fixa molt, però finalment llança una mirada d'ajuda a la venedora.

VENEDORA. El de la dreta és el camaleó.

SEBAS. Sí, ara ho veig, no es nota gens...

VENEDORA. Gens. Està en plena forma. ¿Què, li interessa? No dóna feina, s'adapta a tot i és variat... ¿Què més vol?

SEBAS. ¿És molt car?

VENEDORA. Una miqueta, però s'ho val, perquè s'adapta absolutament a tot i això costa...

SEBAS. Està bé, me'l quedo...

La venedora li dóna una gàbia buida amb dues pedretes de calç per picar.

VENEDORA. Aquí té, el camaleó és la pedreta de la dreta.
SEBAS. Molt bé.
VENEDORA. La gàbia l'hi regalo. A caixa li cobraran.
SEBAS. Gràcies, gràcies...

Se'n va. Les dues venedores intercanvien mirades a punt d'esclatar a riure. El Sebas torna a entrar.

SEBAS. Perdoni, ¿com fan els camaleons?
VENEDORA. ¿Eh?
SEBAS. Per parlar-li. ¿Com li faig?
VENEDORA. ¡Ah! ¡Com vulgui! ¡Com que s'adapten a tot...!
SEBAS. Esclar... *(se'n va fent sorolls)* «Prorrito... prorrito...»
VENEDORA. Perdoni, però el camaleó és el de l'esquerra.

El Sebas compara les dues pedretes.

SEBAS. ¡Ah, sí, esclar...! «Prorrito, prorrito.»

Les venedores ja no poden aguantar més i esclaten a riure.

VENEDORA. ¿Qui deia que no vendríem mai aquestes gàbies horribles? ¡I a preu d'or!

Parada surrealista

Enmig d'un mercat hi ha una parada buida, sense cap producte però amb venedora. Passa un home que mira estranyat la parada.

HOME. Perdoni... ¿Què ven, vostè?
DONA. Res.
HOME. ¿Res de res?
DONA. Res de res.
HOME. Fantàstic, perquè no volia res.
DONA. ¿Li poso res, llavors?
HOME. Sí. 0 grams, si no li fa res...
DONA. No em fa res. L'hi poso en un no res. Ja està.
HOME. ¿Li dec res?
DONA. No res.
HOME. Gràcies.
DONA. De res.
HOME. ¿Demà tindrà res?
DONA. No, demà no tindré res. I a més no hi seré.
HOME. Perfecte, tampoc pensava venir. Bé doncs... a «res-veure».

L'home marxa content.

DONA. ¡El que s'ha de fer per no vendre res...!

Ordenata desfasat

L'Inka, dependenta en una botiga d'informàtica, ensenya un ordinador al Valeri.

Inka. Aquest ens acaba d'arribar. 300 megahertzs... 64 megues de RAM, 2 ports d'USB, zip, hub, mòdem de 48...
Valeri. Miri, jo el que vull és un ordinador últim model, que no em quedi antiquat de seguida.
Inka. En el món de la informàtica els avenços són constants. Mentre estem aquí parlant ja deu haver sortit un model nou.
Valeri. Esclar, esclar... Doncs no se'n parli més, me'l quedo.
Inka. ¿Quin? ¿Aquest?

L'Inka assenyala l'ordinador que miraven amb menyspreu.

Valeri. Sí... ¿No és l'últim model, aquest?
Inka. Ho era, però tot just ens acaben de portar aquest altre, aquest sí que és l'últim crit.

Es desplacen per la botiga i l'Inka li ensenya un altre ordinador.

Valeri. ¿Vol dir que aquell ja està antiquat?
Inka. Ja sap com és el món de la informàtica.
Valeri. Doncs em quedo aquest, vinga.
Inka. Ui, em penso que no està fent una bona tria.
Valeri. ¡¿Però no m'acaba de dir que...?!

INKA. Sí, però això era abans. ¡Ara ha sortit un model nou que és la bomba!

Tornen a desplaçar-se per la botiga fins que arriben davant un altre ordinador.

VALERI. Sí, ja. I quan li digui que me'l quedo em dirà que ja n'ha sortit un de millor.

INKA. Doncs sí, té raó. Precisament ara acabem de rebre la versió millorada d'aquest ordinador.

VALERI. ¡Prou! ¡Estic fins als pebrots de tants avenços!

INKA. ¡Però vostè vol l'últim model, i en el món de la informàtica...!

VALERI. ¡Ensenyi'm l'ordinador més nou que tinguin, i ensenyi-me'l de pressa, perquè si torna a quedar antiquat abans que digui que me'l quedo faré un disbarat!

INKA. Està bé, no cal posar-se així...

L'Inka el porta cap a un altre ordinador i comença a parlar molt de pressa abans no sigui massa tard.

INKA. 500 megahertzs, 100 megues de RAM, 4 ports d'USB, zip, hub, mòdem de 64...

VALERI *(parlant molt de pressa).* ¡Me'l quedo! ¿Què, han portat algun model nou?

L'Inka controla el moviment de la botiga.

INKA. ¡Encara no, de pressa, passi per caixa!

El Valeri surt corrent cap a la caixa. L'Inka respira tranquil·la.

Confiar en el venedor

La Natàlia s'acosta a un venedor que està endreçant uns ordinadors.

VENEDOR. Bon dia, ¿que la puc ajudar en alguna cosa?
NATÀLIA. Doncs miri, sí, m'agradaria fer-li unes preguntes...
VENEDOR. Vostè dirà.
NATÀLIA. ¿Vostè quan va fer l'amor per primera vegada?

Tot i que la pregunta sembla molt personal, el venedor respon amb molta tranquil·litat.

VENEDOR. Als vint-i-vuit anys. Era molt tímid amb les noies.
NATÀLIA. Ja. ¿Fa trampes a la declaració de la renda?
VENEDOR. Sí. Desgravo les factures del metge de la meva mare... ¡I fa deu anys que és morta!
NATÀLIA. Sap qui va escriure *Hamlet*, suposo...
VENEDOR. Doncs no, la veritat és que ni em sona. Però li puc dir l'alineació del Barça que va guanyar la copa d'Europa.
NATÀLIA. No, no cal, gràcies. ¿Cada quan es canvia de roba interior?
VENEDOR. Dia sí dia no.
NATÀLIA. ¡Per fi, per fi un venedor sincer!
VENEDOR. Sí...
NATÀLIA. ¡Per fi podré comprar sense aquella sensació que, compris el que compris, sempre t'estan enganyant!

VENEDOR. Ja l'entenc, ja...
NATÀLIA. Bé, ¿quin ordinador em recomana?
VENEDOR *(ensenyant-l'hi)*. Doncs miri, tenim aquest model, que és una merda, i aquest altre, que pel que fa a la relació qualitat-preu, està molt bé.
NATÀLIA. Doncs aquest.

DETECTOR BOTIGA

En Jaume, enmig d'una botiga plena d'aparells electrònics d'ultimíssima generació, mira de cridar l'atenció d'un venedor malcarat, que passa completament d'ell.

JAUME. ¡Perdoni... ¡Perdoni!
VENEDOR *(de mala gana)*. ¿Sí...?

El Jaume li assenyala un aparell que hi ha sobre un taulell.

JAUME. ¿Per a què serveix, això?
VENEDOR. Un detector de mentides portàtil.
JAUME *(incrèdul)*. ¿Un detector de mentides portàtil?
VENEDOR. ¿No l'hi acabo de dir?
JAUME. ¿Com funciona?

El venedor no té ganes d'atendre. El Jaume observa la seva poca predisposició.

JAUME. Si no és massa molèstia...

El venedor, a contracor, s'aixeca i connecta la màquina.

VENEDOR. Si diu una mentida, fa «PIIIIP». Com per exemple: a veure... *(pensa una mica)*: «El govern pujarà totes les pensions un 50 per cent.»

La màquina comença a xiular i a fer llumetes: ¡¡¡PIIIII!!!

JAUME. Està bé...
VENEDOR *(sec)*. És l'últim model, tot just ens l'acaben de portar de fàbrica.

L'aparell xiula com boig davant aquesta darrera afirmació. El venedor s'adona que acaba de ser «pescat».

VENEDOR. Bé, no. Aquest no. Em sembla que fa cinc o sis mesos que el tenim aquí, però no està desfasat, ni de bon tros...
JAUME. ¿No és una mica feixuc per ser portàtil?...
VENEDOR. Nooo, només pesa un parell de...

La màquina torna a xiular i a fer llumetes: ¡¡¡PIIIII!!!

VENEDOR. ... un parell de dos o tres quilos, com a molt... Què, ¿el vol o no?
JAUME. Doncs...
VENEDOR. Pensi que en cap lloc el trobarà més barat.

La màquina torna a xiular i a fer llumetes: ¡¡¡PIIIII!!!

VENEDOR. En tot cas, a l'extraradi, en botiguetes de mala mort, d'aquelles que no et donen cap garantia...

JAUME. ¿I segur que no falla mai?

VENEDOR. Nooo...

El venedor i en Jaume es queden uns instants a l'expectativa, mirant la màquina, però no se sent res. El venedor respira alleujat.

VENEDOR. No... *(impacient).* ¿Què...?

JAUME. No, si agradar-me m'agrada...

VENEDOR. ¿Llavors?

JAUME. És que no sé si...

El venedor, que no està per perdre temps, el fulmina amb la mirada. El Jaume, cohibit, deixa de dubtar.

JAUME. Molt bé, me'l quedo.

El venedor, rutinàriament, li indica la caixa.

JAUME. Molt amable...

La màquina fa ¡PIII!

VENEDOR. Encantat d'haver-lo atès.

La màquina fa ¡PIII!

JAUME. Comprar així dóna gust...

La màquina fa ¡PIII!

VENEDOR. Ha estat un plaer...

La màquina fa ¡PIII!

JAUME. El plaer és meu...

La màquina fa ¡PIII!

VENEDOR/CLIENT. Fins aviat, molt de gust de conèixe'l...

La màquina va fent ¡PIII! fins que els dos homes se separen.

Pixapins i companyia

Pixapins

Un urbanita passeja pel bosc acompanyat d'un pagès. El pixapins molt excitat va descobrint la natura. El camperol, amb molta paciència, li dóna explicacions.

PIXAPINS. ¡Ah! Aquestes escapades són vitals per a mi... L'home i la terra... La integració total... Jo, sense la natura, és que no seria res, res... ¿Aquest arbre d'aquí, com es diu?

CAMPEROL. Pi.

PIXAPINS. Això, sí, pi, jo el tinc en esprai, per al cotxe... ¡Que maco! ¡Pi! ¿I aquell d'allà, que té forma d'arbre de nadal?

CAMPEROL. Un avet...

PIXAPINS. Exacte... ¡L'avet! ¡Que maco! Aquest d'aquí sí que el conec, perquè sortia al catàleg del cotxe que em vaig comprar, l'utilitzaven per fer els interiors... El...

CAMPEROL. Roure.

PIXAPINS. Exacte. Roure. Fa uns tabliers maquíssims... ¡Que maco! I aquest, no, no m'ho digui... un que s'esnifa...

CAMPEROL. L'eucaliptus...

PIXAPINS. ¡Això! ¡Que maco!

El pixapins s'avança a olorar la natura. El camperol, fart d'aguantar-lo, arrenca una branca molt gruixuda d'un matoll.

PIXAPINS. ¡Ah, el camp! Vostè perquè hi està acostumat però, per als de ciutat, tot això ens omple...

El pixapins es gira cap al camperol i aquest li dóna un cop amb la branca.

PIXAPINS. ¡Agh! No, no m'ho digui... Aquesta branca és de... de...
CAMPEROL. Boix.
PIXAPINS. Exacte. Boix. ¡Que maco!

El Pixapins cau a terra desmaiat.

LA BECÀRIA

Consell de redacció diari. La Cèlia, el Ramon i el David ultimen el tancament.

RAMON. No, a la portada hi hem de col·locar la baixada del preu de la benzina.
CÈLIA. La gent es pensarà que fem conya, home... *(veu l'Esther)*. ¿Sí?

Entra l'Esther, una noia molt tímida, amb el seu bloc i bolígraf.

ESTHER. Hola, bona nit, sóc l'Esther Ortega.
CÈLIA. Home, la nova becària.
RAMON. Mira que bé, ens va de conya.
DAVID. Sí, anem molt ofegats de feina.
CÈLIA. ¿Nerviosa?
ESTHER. Una mica...
RAMON. Tranquil·la, ja et passarà. ¿Comencem?
ESTHER. Sí...
DAVID. Molt bé. ¿Prens nota?
ESTHER. Sí...
DAVID. Un cafè, un tallat amb sacarina i un cafè amb llet amb una goteta de conyac.

L'Esther pren nota ràpidament.

CÈLIA. El tallat, curt de cafè.
RAMON. ¿Ho tens tot?
ESTHER. Em sembla que sí.

El David li agafa el bloc i ho comprova.

DAVID. A veure si vigilem els accents...
RAMON. I recorda sempre les preguntes clau del periodisme: ¿què, com, quan i per què?
CÈLIA. ¿Saps on és el bar? Segona planta.
ESTHER. Sí...

L'Esther surt a fer l'encàrrec.

RAMON. ¿Com la veieu? ¿En traurem alguna cosa?
CÈLIA. Jo crec que sí, aquests becaris cada vegada surten més ben preparats de la universitat.

La farola

Un captaire amb un exemplar del diari La Farola *a la mà s'acosta a una dona que està prenent un cafè i que sembla que esperi algú.*

CAPTAIRE. ¿Vol col·laborar amb...?

La dona li contesta sense fer-li cas.

DONA. No, gràcies...
CAPTAIRE. Vinga, va, ¿què li costa?
DONA. No, gràcies...
CAPTAIRE. És una col·laboració...
DONA *(farta)*. ¿Quant val?
CAPTAIRE. Cent vint mil pessetes.
DONA *(atònita)*. ¿¿¿Quant???
CAPTAIRE. Cent vint mil pessetes.
DONA. ¿Que és broma?
CAPTAIRE. ¿Es pot fet broma amb una feina com aquesta?

La dona passa d'ell.

CAPTAIRE. ¿Què?
DONA. Que no, gràcies.
CAPTAIRE. L'hi deixo per cent mil... vuitanta mil... quaranta mil... deu mil...
DONA. No, ja li he dit que no, moltes gràcies. Adéu.
CAPTAIRE. Mil... dues-centes...
DONA. No...

CAPTAIRE. Vint duros... Cinc duros...
DONA. ¿Vol marxar d'una vegada?
CAPTAIRE. ¿Quant vol per quedar-se-la?
DONA. ¿Què?
CAPTAIRE. ¿Quant vol? Li dono diners si se la queda.
DONA. No digui bestieses... Marxi, per favor.
CAPTAIRE. Li dono vint duros si se la queda...
DONA. No...
CAPTAIRE. Cinc-centes pessetes.... Mil...
DONA. Estic esperant una persona, sisplau, vagi-se'n...
CAPTAIRE. No acceptaré un no com a resposta... Li dono mil pessetes si es queda la revista. Dues mil peles... Cinc mil peles...

Per evitar cridar l'atenció, la dona li agafa la revista d'una revolada.

DONA. Doni'm la revista, calli i marxi d'una vegada. Adéu.

El captaire li dóna la revista i les cinc mil peles.

CAPTAIRE. Adéu, adéu. Ja ho veu, no costava tant posar-se d'acord. Gràcies.
DONA. De res.
CAPTAIRE. I ara, a més d'una revista, es queda amb la consciència tranquil·la per haver fet la bona obra del dia, o del mes.
DONA. Sí. Gràcies, adéu.

El captaire marxa però, de cop, s'ho repensa i torna a la taula.

DONA. ¿Què vol, ara?
CAPTAIRE. Que m'he quedat sense revistes per vendre...
DONA. ¿I?
CAPTAIRE. Que si no en venc puc ser pres per un indigent qualsevol, la policia et mira d'una altra manera...

La dona li torna la revista.

DONA. Tingui.
CAPTAIRE. ¿Quant és?
DONA. ¿Què?
CAPTAIRE. ¿Quant val?
DONA. L'hi regalo.
CAPTAIRE *(ofès)*. Me la regala perquè li faig llàstima.
DONA. ¿Però què diu, ara?
CAPTAIRE. ¿Li faig llàstima? ¿És això, oi? La burgesa de classe mitjana alta que sent llàstima del pobre indigent...
DONA. Sí, va, molt bé. Adéu.
CAPTAIRE. ¿Em vol dir quant val aquesta revista, sí o no?
DONA. Tingui. Cinc-centes.
CAPTAIRE. ¿Cinc-centes? ¿Que em pren el pèl? ¡Aquesta revista no en val cinc-centes!
DONA. Doncs doni'm el que vulgui.
CAPTAIRE. No li vull donar el que vulgui, li vull donar el que valgui. Hi ha un preu fix, si no, on diu preu, diria: «El que vulgui.» ¿Què costa?

La dona busca el preu a la portada. De fons s'acosta la captaire Mae.

DONA. No el veig.

CAPTAIRE. A dalt a la dreta.
DONA. Dues-centes.
CAPTAIRE. Dues-centes. Molt bé. Aquí té.

El captaire se'n va mirant-la molt malament. La Mae arriba fins a ell.

MAE. ¿Què passa?
CAPTAIRE. ¡Aquesta, que em volia estafar!

Sona un mòbil. Els dos captaires fan cara d'atenció.

MAE. ¿És el teu o el meu?

PRÀCTIQUES

Dos cotxes d'autoescola, fent pràctiques per la ciutat, estan a punt de xocar en una cruïlla. Frenada. Els alumnes, alterats per l'ensurt. Els professors abaixen les finestretes molt cabrejats.

PROFE 1. Però, ¿serà possible? ¡Imbècil!
PROFE 2. ¿Imbècil? ¿Em diu imbècil a mi? Serà idiota, el tio. ¡Idiota!
PROFE 1. ¡Sí, imbècil! A veure si mires per on vas.
PROFE 2. ¿Doncs per on he d'anar? ¡Subnormal! Per la dreta, ¿o és que no has vist el senyal?
PROFE 1. ¿Senyal? ¡Senyal el que et deixaré a la cara! Hauries d'estar venent cupons, que no hi guipes tres en un burro, *gilipolles*.

PROFE 2. *Gilipolles* ton pare. ¡Burro! ¡*Bobo*! ¿On t'han donat el carnet?

PROFE 1. Això, a mi me'l van donar, perquè tu segur que te'l vas trobar en un descampat.

PROFE 2. Com no treguis el cotxe d'aquí, tu sí que em trobaràs. ¡Bandarra!

PROFE 1. ¿Vols trobar-me? ¿Vols trobar-me? Si vols trobar-me sóc aquí. Vinga, va, tio llest, a veure si tens ous.

Els alumnes miren els seus professors amb cara de pànic.

PROFE 2. Ui, quina por. ¡El professor d'autoescola! ¿Què passa? ¿Que te les vols donar de mascle per impressionar la teva alumna? ¡Mamarratxo!

PROFE 1. ¡S'ha acabat! ¡Ara mateix et trenco la cara!

PROFE 2. ¡El que has de fer és trencar el carnet! ¡Que portes la L de lelo, desgraciat!

El professor 1 agafa el ferro antirobatori i surt del cotxe.
El professor 2 també surt amb una espècie de bat de beisbol que porta entre els dos seients davanters.

PROFE 1. ¡Què, què, què! Et plouran hòsties per totes bandes, *gilipolles*.

Els dos, cara a cara, aixequen amenaçadorament les seves armes i s'agafen pel coll. De sobte, comencen a riure, es deixen anar i es dirigeixen dòcils als seus respectius alumnes.

PROFE 1. ¿Què? ¿N'ha pres bona nota? A veure com ho fa, senyoreta.
ALUMNA *(amb un fil de veu poc convincent).* Imbècil...
PROFE 2. Vinga, ara tu...
ALUMNE. Tonta...

Els dos professors fan cara de «d'aquests no en traurem res de bo».

UN COTXE MALEDUCAT

La Diana, portant un cotxe molt bo, entra en un taller de reparacions; baixa del cotxe molt excitada i s'adreça a l'encarregat del taller.

MECÀNIC. Bon dia... ¿Què li passa al cotxe?
DIANA. És un maleducat.
MECÀNIC. ¿Perdó?
DIANA. Sí, home... És un d'aquells cotxes intel·ligents, que parlen, però és un maleducat. M'insulta, no fa les coses... Ja ho veurà... Pugi i deixi la porta mal tancada...

El mecànic, desconcertat, puja al cotxe. El cotxe comença a parlar amb veu mecànica.

COTXE. ¡T'has deixat la porta mal tancada, desgraciada!
DIANA. ¿Ho veu? Intenti engegar-lo.

El mecànic ho fa.

COTXE. Qui t'ha dit a tu que tinc ganes d'anar amunt i avall, imbècil. ¡I aixeca el cul del seient, que fas malbé la tapisseria!

El mecànic surt ràpidament del cotxe.

MECÀNIC. Ostres... No m'havia trobat mai amb un cas com aquest...

DIANA. I això no és tot. A vegades no vol aparcar. I esclar, m'he de sentir tot allò de «dona havies de ser...».

COTXE. ¡Calla, puta! ¡Delatora!

La Diana ja no pot més i li dóna un cop al capó.

DIANA. ¡A mi no em parlis així o et porto a desballestar, tros de ferro!

COTXE *(fotent-se'n)*. ¡Ui, quina por!

MECÀNIC *(estudiant el cas)*. ... Potser és una connexió mal feta, o un virus en el sistema informàtic...

DIANA. ... I a vegades no torna a casa fins a les 3 de la matinada. Sense donar explicacions, esclar...

MECÀNIC. No ho sé... Parlaré amb un amic meu que és pedagog en un barri marginal... Crec que necessita mà dura. El tindrem internat aquí uns dies i ja ho veurem...

COTXE. ¡Mala puta!

La Diana va a fotre-li un altre cop, però l'encarregat l'atura.

MECÀNIC. Deixi'l, deixi'l, no li faci cas... O se'n sortirà amb la seva...

DIANA. ¡Per una vegada que em gasto una pasta amb un cotxe i em surt rebel!

La Diana se'n va.

MECÀNIC. Tranquil·la, que ja l'hi arreglaré... *(Al cotxe).* I tu... ¡Passa cap dins! ¡¡¡Cap dins he dit!!!

El cotxe, remugant, passa cap a l'interior del taller.

UNA BALANÇA FIABLE

La Kaia s'està maquillant al bany. Arriba la Lloca i puja a la balança.

LLOCA *(espantada).* ¡No pot ser!
KAIA. ¿Quant marca?
LLOCA. Ui, cinquanta-nou...
KAIA. ¡Què dius! ¿Tant?
LLOCA. Sí, però és que porto les botes aquestes que pesen uns set-cents grams cadascuna...
KAIA. Esclar, això és gairebé un quilo i mig menys...
LLOCA. Cinquanta-set i mig, i resta-li uns dos quilos de la resta de la roba...
KAIA. ¿Només dos quilos? La llana és molt feixuga...
LLOCA. Sí, tens raó, restem-n'hi tres...
KAIA. Cinquanta-quatre.
LLOCA. I sense els anells, les cadenes i les arracades...
KAIA. Cinquanta-tres i mig, el teu pes ideal. A veure jo...

LLOCA. No cal que et pesis, si estàs divina.

La Kaia puja a la balança.

KAIA. Vaja, cinquanta-vuit...
LLOCA. Sí, sí, però... Treu-li dos quilos de roba...
KAIA. Tres, que aquests pantalons tenen una pila de botons...
LLOCA. Cinquanta-cinc, menys un quilo de les sabates...
KAIA. I dos també, ¿has vist quin tacó que tenen?
LLOCA. Dos quilos... Cinquanta-tres.
KAIA. I entre el rellotge, el collaret i les arracades...
LLOCA. Cinquanta-dos quilos. El que et deia, divina...
KAIA. Sí, ja, però d'entrada espanta una mica...
LLOCA. Sí, ja...

L'HOME FELIÇ

El Lluís és en una andana esperant el tren. Sembla molt feliç. De fons s'apropa l'Albert, que reconeix el Lluís.

ALBERT. Lluís, ¿què tal?
LLUÍS. Molt bé. Molt bé...
ALBERT. ¿Et veig més prim, oi?
LLUÍS. Sí, estic en el meu pes ideal.
ALBERT. I de molt bon humor.
LLUÍS. Molt. Estic molt content.
ALBERT. Ja ho veig... ¿Com et va tot?

LLUÍS. Súper. Fantàstic.

L'Albert comença a estranyar-se que el Lluís estigui tan feliç per tot.

ALBERT. ¿I aquella malaltia que semblava...?
LLUÍS. No era res. Va ser una sort. Tinc una salut de ferro.
ALBERT. ¿Allò de les peles ho vas solucionar?
LLUÍS. Massa bé. Ara em sobren els diners.
ALBERT. ¿O sigui, que la feina...?
LLUÍS. Perfecte. Massa, però l'ambient és magnífic, de pel·lícula...
ALBERT. ¿I de ties...? Perquè tu sempre havies estat bastant tímid...
LLUÍS. No dono l'abast. I això que estic enamoradíssim. ¿Saps? L'amor existeix.
ALBERT. Ja... ¿Segueixes anant al futbol?
LLUÍS. Sí. Sobretot ara que ho guanyem tot. Som els millors.
ALBERT. Sí...

L'Albert es comença a plantejar si està davant de l'únic home feliç del món.

ALBERT. ¿Vas suspendre aquell examen final, oi?
LLUÍS. No, al final no, es van equivocar de nom. Vaig treure un deu perquè no em podien donar més. Molt bé...
ALBERT. Ja veig... Bé...
LLUÍS. Sí. Molt bé... Sóc molt feliç. Molt. ¿T'agraden les meves sabates?

L'Albert el mira sense saber què opinar. De cop entren dos infermers que agafen el Lluís per les aixelles i se l'emporten sense contemplacions.

INFERMER. ¡Va, vinga, no molestis aquest senyor!
LLUÍS. Perdona, però ara he de marxar... Truquem-nos...
INFERMER. Això, sí, ja li trucaràs.

A l'Albert se li il·lumina la cara.

ALBERT *(a l'infermer)*. ¿Que està boig?
INFERMER. Com una cabra.
ALBERT. ¡Ah! ¡Gràcies a Déu! No sap el pes que em treu de sobre... M'estava entrant una depressió de cavall...

Els infermers s'enduen el Lluís.

AUGMENT DE SOU

El Rodríguez i el Martínez són al despatx, treballant, quan entra el Badia. El Rodríguez s'aixeca ràpidament.

RODRÍGUEZ. Senyor Badia, passi... ¿Que volia res?

El senyor Badia entra molt tímidament, com si no volgués molestar.

BADIA. Doncs sí, bon dia, volia un augment de sou. Si no és massa molèstia...

RODRÍGUEZ. ¿Molèstia? ¡Al contrari...!

BADIA. És que, a algunes empreses, demanes un augment de sou i sembla que els sàpiga greu.

RODRÍGUEZ. Però nosaltres som aquí per servir-lo... ¿Havia pensat alguna xifra concreta...?

BADIA. Doncs sí. ¿La dic?

RODRÍGUEZ. Endavant, endavant...

BADIA. Vull que m'apugin cent mil pessetes...

RODRÍGUEZ. ¿Cent mil, només...? ¿No en vol cent cinquanta, o dues-centes més...?

BADIA. No, cent mil ja em van bé...

RODRÍGUEZ. Ai, aquesta modèstia... Esperi, que m'ho apunto... Cent mil... Ja està.

BADIA. ¿Ja està?

RODRÍGUEZ. Sí, ja està.

BADIA. Molt bé, moltes gràcies. Adéu...

RODRÍGUEZ. Adéu, adéu...

El Badia marxa. El Martínez, que s'ha estat empassant la saliva durant tota la conversa, explota.

MARTÍNEZ. Cada mes estem igual, amb el senyor Badia... ¿Vols dir que no l'hi poses massa fàcil?

RODRÍGUEZ. ¿I què vols que faci? El «jefe» és ell, jo només sóc un simple comptable...

Paella per a esquerrans

El Claudi, que sembla bastant indignat, entra a la ferreteria amb una paella a la mà.

Dependent. Vostè dirà...

Claudi. Miri... Que l'altre dia vaig comprar una paella, però no és per a esquerrans.

Dependent. ¿Com?

Claudi. Que jo en volia una per a esquerrans, amb el mànec a l'esquerra.

Dependent. ¿Perdó?

Claudi. Que aquesta paella té el mànec a la dreta.

Dependent. Ja...

Claudi. ¿No en té que el tinguin a l'esquerra? N'estic fart, que els esquerrans ho tinguem tot tan difícil. ¡Tot en aquest món està pensat per a dretans!

Dependent. Ehem... perdoni però... si gira la paella 180 graus, el mànec li quedarà a l'esquerra...

El dependent agafa la paella i la gira 180 graus.

Dependent. ¿Ho veu?

L'home mira la paella i queda pensatiu una estona.

Claudi. Sí, home... molt bé... això és una solució fàcil. El que passa és que vostès no tenen paelles per a esquerrans i em vol encolomar aquesta sigui com sigui, ¿no?

DEPENDENT. No... ¿Sap què li dic? ¡Que vostè no és un esquerrà autèntic!

CLAUDI. ¿Com que no?

El dependent obre la caixa i torna els diners al Claudi.

DEPENDENT. Si fos un esquerrà autèntic, aquesta merda de camisa que porta tindria els botons a l'altre costat. ¿Eh? ¿Sap què li dic? Que se la pot posar on li càpiga.

El Claudi se'n va. Entra una dona amb un martell.

DEPENDENT. ¿Sí?

DONA. No, que ahir vaig comprar un martell... Però em va donar un martell per a esquerrans...

El dependent es posa la mà a la cara de desesperació.

Reflexions

El llenguatge

Despatx del doctor Perquè, una habitació molt càlida plena de llibres i de tot tipus de material enciclopèdic i d'investigació. El doctor Perquè, que està veient un debat per televisió, apaga el receptor de mala gana.

Dr. Perquè. Bah... ¡Quines animalades! Ara entenc per què tothom diu: «¡Jo, a la tele, només hi veig documentals d'animals!» Normal. ¡Si a tots els programes fan l'animal! ¡Esclar que, en el fons, encara que en alguns no sigui gaire evident, som animals racionals! ¿Què ens diferencia dels animals irracionals? ¿La cultura? No, els ximpanzés tenen cultura perquè construeixen eines... ¿La intel·ligència? No... els dofins són molt intel·ligents... ¿La sociabilitat? No... ¡Si fins i tot les formigues són animals sociables... El que realment ens diferencia dels animals irracionals és el llenguatge aplicat al temps... M'explicaré... Els humans som els únics animals que podem explicar-nos coses del passat i del futur. Un ocell, amb el seu llenguatge, PIIP PIIIP PIIIP... pot avisar sobre un perill present, però no pot avisar d'un de futur. Un elefant, malgrat la gran memòria que diuen que tenen, tampoc pot dir-li a un altre què va fer l'estiu passat. Ni una sardina pot comunicar a una altra si demà ha d'anar a un enterrament... No... Això és el que ens diferencia de la resta d'animals: el llenguatge aplicat al temps. Reflexionem-hi, sisplau, reflexionem-hi, però, de totes maneres, si no volen que els confonguin amb unes vulgars bèsties, mirin de no parlar mai en present...

Engega el comandament de la tele.

DR. PERQUÈ. ¿A veure què fan ara? ¡Futbol! *(imita un xai)* Beeeeee... Perdó, se m'ha escapat.

L'ATZAR

El doctor Perquè, que està veient un debat per televisió, apaga el receptor de mala gana.

DR. PERQUÈ. No fan res de bo ni per pura casualitat. ¡Bah! La casualitat... ¡Quina cosa més idiota! Sí, l'atzar és una de les coses que ens fa ser més idiotes. M'explicaré.

Treu un número de loteria de la butxaca.

DR. PERQUÈ. Aquest número de loteria, per exemple. No m'ha tocat; com tampoc em va tocar la setmana passada, ni l'altra, ni l'altra, ni fa dos anys... ni mai. ¿I què faré? Doncs insistiré i tornaré a provar fortuna comprant-ne un altre. Els humans som idiotes, no perquè continuem comprant-ne, sinó perquè no som coherents. A veure: si truquem a un lampista, per exemple, i el paguem perquè ens arregli tres aixetes, voldrem que totes tres quedin bé. ¿No? Si comprem una barra de pa, voldrem la barra de pa quan la paguem... És a dir: demanem eficàcia. E-FI-CÀ-CI-A. Molt bé. ¿Per què no exigim la mateixa eficàcia en qüestió d'atzar? ¿Per què no som més coherents? Perquè ens agrada fer l'idiota... Però molt. Un exemple claríssim: imaginem-nos que el número premiat acaba amb el mateix número que el nostre. Ens n'alegrem perquè ens tornen els diners i ens quedem igual que si no haguéssim comprat loteria. Molt bé, atenció a la pregunta: ¿per què ens alegrem si ens tornen els diners i no ens alegrem quan no comprem loteria, si no ens toca res, si els guanys són els mateixos? ¿No és una mica idiota? Sí. ¿I per què? Perquè no som coherents, i en això també ens diferenciem dels animals. Ells són coherents i no juguen a la loteria. Reflexionem-hi, sisplau, reflexionem-hi. L'atzar no és més que una trampa perquè perdem diners de mica en mica. La trampa que utilitzen els bancs per dir-nos que la millor loteria és l'estalvi, o sigui, que els portem els diners a ells...

Mira el número de loteria i l'estripa.

DR. PERQUÈ. ¿Saben què els dic? Que no penso tornar a jugar mai més a res. A res. ¿No em creuen? ¿Què s'hi juguen?

Miniatures

El doctor Perquè està mirant la televisió del seu rellotge de polsera.

DR. PERQUÈ. Estic mirant la tele. És curiós, encara que es vegin en una pantalla petita, els programes són igual d'espantosos que en una pantalla gran. L'univers s'expandeix per segons i crea dimensions inabastables per a la intel·ligència humana, i els homes, o les dones, s'entesten cada dia a fer les coses més petites. M'explicaré. Ja no són només els japonesos, els que fan les coses petites, no... (i en el seu cas encara es podria entendre, perquè ells mateixos són petits), ara a tothom li ha agafat per fer miniatures, els aparells de música cada cop són més petits, les càmeres de vídeo cada cop són més petites, els ordinadors cada cop són més petits, els telèfons mòbils cada cop són més petits i, a sobre, cada dia hi caben més coses, que si jocs, que si agendes. Els cotxes són cada cop més petits, els pisos són cada cop més petits, els plats dels restaurants, no, aquests són cada dia més grans, però el que hi posen al mig sí que cada cop és més petit; les monedes cada cop són més petites, la roba de les dones és cada cop més petita, però això ja m'està bé; els cinemes cada cop són més minis, fins i tot els bonsais cada dia són més petits... ¿Què ens està passant? ¿On volen anar a parar? ¿Estem entrant de ple en la cultura dels jíbaros i d'aquí a res començarem a reduir caps? Si de debò tothom està tan interessat en les coses petites, a reduir-ho tot, a fer miniatures... ¿Per què per a moltes dones sí que és un problema la mida del penis? I no ho dic per mi, que vaig molt ben servit, ho dic en general. Reflexionem-hi, sisplau, reflexionem-hi...

PARAULES

El doctor Perquè, que està veient un debat per televisió, apaga el receptor de mala gana.

DR. PERQUÈ. Bla, bla, bla, bla, bla, bla, bla, bla, bla... Paraules... ¿S'han parat a pensar mai qui va inventar-se les paraules? Les primeres... Ara és fàcil, inventar-se paraules, però les primeres... ¿Per què un home de Cromanyó, o una dona, va decidir que una orella, per exemple, es deia orella i no nas? ¿I com va convèncer els altres que l'orella es deia orella? ¿Com Tarzan?

El doctor Perquè l'imita amb gest al pit i l'orella.

DR. PERQUÈ. «Jo Tarzan, això, orella...» Bé, potser aquest exemple és una mica confús: es pot entendre que el pit es diu Tarzan i l'orella, orella... No importa... Paraules més complicades, com ara suspicàcia, ressentiment, *gilipolles*... ¿Com s'ho feia? ¿Convocava una mena de convencions prehistoricolingüístiques? Potser, però, si ningú no sabia parlar... ¿Com les convocava? *(pausa).* Potser hi va haver més d'una persona inventant-se paraules; això explicaria l'existència dels sinònims. Si el qui deia que el nas es deia NAS es trobava amb un que afirmava que es deia NÀPIA, ja la teníem liada —l'heu d'entendre, eren homes primitius, incults, bàrbars, no com ara, que ningú no es baralla si et tanquen una mica el pas amb el cotxe—, no, aquells es barallaven, i si no sortia cap guanyador, s'acabava acceptant tàcitament tots dos sinònims... ¿Quin criteri feien servir per fer paraules curtes o paraules llargues? ¿La mida de l'objecte que s'havia de definir? No ho crec, perquè colibrí i elefant, per exemple, tenen el mateix nombre de síl·labes i les mides respectives són completament diferents... No sé si els recordeu...

Treu dos dibuixos respectius: un colibrí gegant i un elefant petitíssim.

DR. PERQUÈ. Seguint aquest criteri, el mar, que gairebé en tots els idiomes té només una síl·laba, n'hauria de tenir milers... D'una cosa sí que n'estic segur: tots els inventors de paraules eren uns mantes, es cansaven de seguida; si no, ¿com s'explica que la meitat de les paraules d'un diccionari comencin per les sis primeres lletres? ¿Què els passa, a les altres vint-i-dues? ¿Els tenen mania? Reflexionem-hi, sisplau, reflexionem-hi, i, sisplau, si se'ls acut algun neologisme, mirin que comenci per una lletra de les darreres... Com UFLOXÓS... o XORNAMOT...

Transformació

El doctor Perquè, que està veient un debat per televisió, apaga el receptor de mala gana.

Dr. Perquè. Estava mirant la tele, recordant els programes de quan era jove, i m'ha vingut una reflexió inquietant. ¿Què en queda, d'aquell jove que mirava la tele? Res... perquè tots ens transformem; som, com si diguéssim, travestis de mena. M'explicaré. Mirin aquest nas.

S'apropa a la pantalla i li queda el nas en primer terme.

Dr. Perquè. ¿Creuen que conserva alguna de les cèl·lules que tenia quan jo era petit? No. Cap ni una. No té res a veure amb el nas que tenia als vint anys. La pell ha canviat totalment, aquell no tenia cèl·lules capil·lars, els mocs no són els mateixos... Les cèl·lules moren, i en neixen unes altres que fan, millor o pitjor, la mateixa funció. ¡Déu meu! Ens anem transformant de mica en mica, sense adona'ns-en. ¿On ha anat a parar aquell nen de dos anys que es feia caca a sobre i es deia igual que jo? No ho sé. Jo ja no sóc el que era i, no obstant, encara em dic igual. ¿No ens hauríem de canviar el nom a mesura que les nostres cèl·lules canvien? I, si ja no som els que érem... ¿Som responsables del que vam fer fa 5, 10 o 23 anys? Tampoc no ho sé, ho hauríem de reflexionar, però, mentrestant, si algú li reclama un préstec, faci-li entendre que vostè, cel·lularment, ja no és el mateix de fa uns mesos.

Una noia, que no veiem, el reclama en un to molt suggestiu.

OFF NOIA. ¿Vols venir d'una vegada?

DR. PERQUÈ. Aquesta noia... ¿Em crida a mi o al que era jo fa una estona? No ho sé, ni m'importa gaire, però vaig ara mateix a aclarir-ho. I, vostès, no deixin de meditar, que miren massa la tele.

LA TERRA

El doctor Perquè assegut al sofà.

DR. PERQUÈ. Estic rebentat... Tota la nit que estic assegut tranquil·lament al sofà... ¿Saben que estar assegut sense fer res és la cosa més extenuant del món? M'explicaré.

Treu un globus terraqüi i exemplifica les seves teories.

DR. PERQUÈ. La Terra gira sobre el seu eix a més de 1 600 quilòmetres per hora. Això vol dir que aquest sofà, que està a la superfície del planeta, gira a la mateixa velocitat. O sigui, que sense moure'm del lloc, he passat per on fa uns minuts hi havia Nova York, o Santo Domingo, o Kuala Lumpur... I això no és tot... La Terra, i aquest sofà, a més de girar sobre si mateixa, gira al voltant del sol a 106 000 quilòmetres per hora. Però no s'acaba aquí la cosa... La Terra, el Sol i aquest sofà també són a la Via Làctia, i aquesta es mou cap a la constel·lació de Lleó ¡a 600 quilòmetres per segon! Total, que ara mateix, ¡m'estic movent per l'espai a més de 20 quilòmetres per segon! Mentre miràvem aquest programa, hem recorregut, vostès també, més de 24 000 quilòmetres... ¡Déu meu! Davant d'aquesta evidència, ¿s'haurà de multar per excés de velocitat totes les persones assegudes al sofà de casa seva? O, encara pitjor, ¿s'haurà d'establir un nou límit d'alcoholèmia per als que seuen als sofàs? ¿Hauran de plegar les agències de viatges quan tothom sàpiga que sense moure't del sofà et fas un tip de viatjar i no pagues ni un duro? ¿I com és que els sofàs no inclouen bossetes per vomitar, com els avions...?

Es corda un cinturó de seguretat del mateix sofà.

DR. PERQUÈ. No sé vostès, però jo, cada vegada que sec al sofà, tinc una sensació de vertigen... Reflexionem-hi, sisplau, reflexionem-hi...

EL DESTÍ

El doctor Perquè, que està veient un debat per televisió, apaga el receptor de mala gana.

DR. PERQUÈ. ¡Bah! ¿Qui m'havia de dir a mi que un dia estaria col·laborant amb una cosa així...? ¡Paradoxes del destí! Tot un llicenciat *cum laude* fent de «comunicador cultural». ¿Què hem de fer? És el meu destí. Estava escrit. M'explicaré. El destí manega les nostres vides i no podem fer-hi res per canviar-ho. Jo, per exemple, després de veure aquesta merda de programa, puc decidir agafar el televisor i llençar-lo per la finestra, però... ¿Qui és realment el que el llença? ¿Jo o el destí, que m'obliga a llençar-lo? Si és el destí, puc decidir canviar-lo, i optar per no llençar-lo, però, llavors... ¿Estic canviant realment el meu destí, o el meu destí ja havia previst que jo canviaria de parer i no el llençaria?

Fa un gest de «no ho sé».

DR. PERQUÈ. Molt bé. Puc decidir, per fotre el destí, que el torno a llençar per la finestra, però potser el destí ja havia previst que jo voldria canviar el meu destí, per fotre'l, i que després d'haver decidit llençar-lo per la finestra, decidiria no llençar-lo i després tornaria a decidir llençar-lo... M'estic marejant...

Beu aigua, s'eixuga la suor.

DR. PERQUÈ. De qualsevol manera... Si el llencéssim per la finestra i, perquè estava escrit, cau sobre un vianant, obtindríem dos resultats empírics. El primer confirmaria que la televisió és nociva per a la salut, i el segon, que el destí del pobre vianant estava determinat pel meu destí. És a dir: els destins de tota la humanitat configuren una inextricable xarxa de relacions invisibles que condicionen el nostre dia a dia. Ara mateix, jo estic fent aquest programa perquè estava predestinat a fer-lo, però potser no tinc cap audiència perquè ningú té escrit al seu destí veure aquest programa *(pensa el que ha dit)*. M'estic deprimint per moments. Bé, potser algú tenia escrit al seu destí gravar-lo en vídeo. Sí, potser sí. Si és així, escolta, reflexiona sobre això del destí, sisplau, reflexiona-hi.

Alliberar tensió

El doctor Perquè està veient l'últim esquetx on un dels personatges s'ha ficat el dit al nas.

Dr. Perquè. Dit... Nas... Aparentment dos elements independents... Llavors... ¿Per què la gent té aquesta dèria per ficar-se el dit al nas i, especialment, quan condueix? De vegades em pregunto: ¿no deu ser que els semàfors es van inventar perquè la gent es posés el dit al nas? Potser sí, però, i anem a la qüestió, ¿per què ens posem el dit al nas? ¿Per assenyalar-nos? ¿Retorn al fetus? ¿Implicacions sexuals? No. Per TENSIÓ. M'explicaré... Quan ens posem el dit al nas, alliberem tensions. És així de simple. Però el que és curiós és que sempre ens posem el dit al nostre nas. ¿Per què no posem el dit al nas d'un altre? ¿Un veí de cinema? ¿Un cambrer? ¿Un taxista? És evident que hi ha nassos més esplèndids que altres, llavors... ¿per què insistim a posar-nos el dit al propi nas? ¿Egoisme? ¿Introspecció? ¿Autoafirmació?

Es posa el dit al nas. S'ajuda amb l'altra mà per treure-se'l, perquè li havia quedat dins. Quan surt sentim «flop».

DR. PERQUÈ. I això no és el pitjor... ¿I si un dia ens agafés molta tensió? ¿En tindríem prou ficant-nos un dit al nas? ¿Quants ens en farien falta? ¿Dos?, ¿tres? ¿S'imaginen què deu ser ficar-se tot un puny al nas per alliberar la tensió?

Entra un puny de boxejador i li dóna un cop al nas. El doctor Perquè desapareix de quadre. Torna a sortir amb el nas ensagnat.

DR. PERQUÈ. Reflexionem-hi. Sisplau.

El doctor Perquè somriu desmaiadament i cau a terra un altre cop.

REFLEXIÓ CAOS

El doctor Perquè, immòbil, assegut en un sofà, mira poruc a càmera.

DR. PERQUÈ. Perdonin si no em moc gaire, és perillós... M'explicaré... Estic molt afectat per la teoria del caos, la teoria que interrelaciona tots els fenòmens atmosfèrics. És allò que es coneix com «l'efecte papallona», és a dir, l'aire desplaçat per les ales d'una papallona a la

Xina pot desencadenar, mesos més tard, un huracà a Nova York... És horrorós. Tots els canvis climàtics del nostre sistema solar estan interrelacionats, tot el que passa segueix unes pautes que surten de l'aplicació d'unes fórmules plenes de números decimals. Un d'aquests infinitesimals decimals correspondria al batec de les ales de la papallona dels collons. ¿Ho entenen? El més mínim dels nostres moviments pot ser la causa d'un cataclisme atmosfèric a... vés a saber on. ¿Què pot passar si em mogués massa de pressa i desplacés una massa excessiva d'aire? Fa por, pensar-ho. Per extensió... ¿Són tots els esportistes, amb aquells salts i aquelles carreres, uns terroristes atmosfèrics en potència? ¿Si demà fa una ventada, no voldrà dir que un imbècil a Tòquio ha esternudat incontroladament fa quinze dies? És una força incontrolable... ¿Es podrien guanyar guerres —amb una certa previsió, esclar— si tot un país fes un rot al mateix temps i provoqués un huracà devastador al país veí? Esclar que potser s'hauria de preveure fer el rot abans, fins i tot, de començar la guerra... No estic per la violència, però, almenys la guerra no tindria les seqüeles d'una guerra atòmica o bacteriològica... Esclar que si en comptes d'un rot, fos un... ¡Quin horror! Jo de moment, reflexionaré sobre si això que estic reflexionant és o no és una «tonteria» com un temple. Vostès, facin el que vulguin, però, abans, reflexionin, sisplau, reflexionin...

Reflexions sobre les reflexions

El doctor Perquè apaga la tele de mala manera.

Dr. Perquè. ¡Reflexions! ¡Ara a tothom li ha donat per reflexionar! D'acord, molt bé, sí... «La capacitat de reflexionar sobre l'ésser humà i el seu entorn és el que ens diferencia de la resta d'animals.» Molt bé. ¿I què? ¿A què ve tota aquesta moda de la reflexió?

Engega la ràdio.

Dr. Perquè. Poses qualsevol emissora i et trobes amb una tertúlia...
Ràdio off. «Perquè jo crec que...»

Agafa una revista.

Dr. Perquè. ¡Bah! Obres qualsevol revista i està plena d'articles reflexius que et consciencien a reflexionar sobre la teva vida... Vas a qualsevol supermercat i al costat del paper higiènic hi trobes una prestatgeria plena de llibres d'autoajuda...

Agafa llibres i comença a llegir els títols.

Dr. Perquè. «Com arribar a conèixer-te millor.» «Com arribar a conèixer la teva parella abans no sigui massa tard.» «Com arribar a conèixer el teu gos.» «Augmenta la teva autoestima.» «¡Superi la timidesa...!» ¡Superi la timidesa! Quina bestiesa de llibre: un tímid mai s'atrevirà a demanar-lo, i menys a passar per caixa. Total, que ara tothom reflexiona. Hem passat d'un món de bàrbars que només reflexionava sobre quina arma triar per anar a la guerra, a ser un món que reflexiona, des que es lleva fins que se'n va a dormir, sobre les grans preguntes de la humanitat...

El doctor Perquè té un lapsus: no recorda quines són aquestes grans preguntes.

DR. PERQUÈ. ¡Sí! ¿D'on venim? ¿Qui som? ¿On anem? ¿Podré estalviar per anar de vacances a Torrevieja? ¡Reflexionar...! ¿Però què ens està passant? ¿Ens estem tornant tots idiotes de tant reflexionar? ¿Per què no deixem que reflexionin els que saben reflexionar, sisplau, i ens deixem de tanta reflexió estúpida, i de tanta reflexió de filòsof de cap de setmana...? Ja està, per avui, ja està... Reflexioneu una mica sobre tot això i ja veureu com em donareu la raó. Reflexioneu, sisplau, reflexioneu...

ÍNDEX